十七針

宝明凛
HOMYO Rin

文芸社

あなたはもう生きることを諦めますか？

「まただよ……」

リンは左手から流れる血を見ながら安堵に近いため息をついた。

キーンコーンカーンコーンとチャイムが鳴り、授業が始まる。

「次は数学だっけ？」

リンは左手の傷口をベロリと舐め、制服のスカートの左ポケットにある絆創膏を手慣れた様子で貼って女子トイレから出た。

いったいこれで何度目になるだろう。リンはこの県内でも有名な進学校、光星高校に入学してからずっと同じようなことを繰り返している。

原因は、人とうまく関われない上に、人間に興味がない。加えてリンは容姿端麗で、誰もが目を引くツンと見える美人だ。結果、クラスの女子全員から総シカト。男子からは声をかけられるため、女子からのイジメがますますエスカレートしていった。女性特有の嫉妬、嫉《そね》みだ。だが、それにリンは気がついていない。鈍感なのだ。そして男勝りの性格。昼食はいつも独りで便所飯。

「あ～あ、もう死んじゃおうかな」

そんな言葉が下校中の電車の中でふと頭をよぎる。

「でもなー、まだ17歳だよな、なんかやり残したことあったっけ？」

そんなとき、隣に座った脂臭いおじさんが読んでいる新聞の1面がリンの目に入る。

《イジメが原因か⁉　17歳の女子高校生飛び降り自殺⁉》

リンは自分の左腕を見た。絆創膏だらけで、今は8月だというのに長袖のワイシャツ。ずっとワイシャツの袖を直し、そのまま書店で医学部入試の赤本を購入して帰宅した。

その日からリンは机にかじりついて勉強を始めた。進学校ということもあり、センター試験を受けない私大進学希望の生徒のほとんどの進路が決まっていた。

リンは5教科で320点の平均点。とても医学部に入れる偏差値ではない。

リンの母方の祖父は医師だ。リンはジージから英語を毎日3時間みっちり教えてもらい、ほかの教科は自力でなんとか頑張った。トイレ、お風呂、食事以外はすべて机に向かった。

リンは精神科医になる決意を固めていたのだ。

「ガンバレ！　ねーね！」

13歳離れた、ようやく字が書けるようになった弟の紳吾が、唯一リンに向けて書いた言葉だ。

リンはその紙切れ1枚を小さな勉強机の前に貼りつけ、眠くても、腹が減ろうとも、とにかく死に物狂いで頑張った。

センター試験当日。リンは震えていた。単語帳を見ても緊張でうわの空だ。

試験開始。とにかく全力で問題を解きまくった。

「終わった」

試験会場を出たリンは、カフェで大好物の抹茶ドリンクを買って飲みながら帰宅し、爆睡した。疲れが出たのだろう。

チャラン♪

リンが目を覚ましスマホを見る。

「ジージが死んだ」

母からのラインだった。

嘘だろ？　あんなに元気に診察もこなしてたのに……。帰宅後は一緒に英語の勉強してたじゃんか！

リンはジージの亡骸を見て泣き崩れた。

「嘘だと言ってくれよ！　目を覚ましてくれよ！」

＊　＊　＊

リンは真っ暗な暗闇の中にいた。

どこを見ても何も見えない。目を開いているのか閉じているのかさえわからない。

するとと急に映画館のスクリーンのようなものが映し出された。

「え？」

言葉を失った。映し出されていたのはリンだった。高校の制服を着ている。一時停止されているスクリーン。

「いったいどうなっているの？」

スクリーンには再生ボタンがあり、「ここを押せばすべてのゲートが開かれる」と書いてあった。リンはおそるおそるその再生ボタンを押した。そう、すべてが動き出した奇妙な瞬間だった。

「なにこれ？」

スクリーンの中にいるリンとは別にもう1人のリンがいて、まるで幽体離脱のように浮遊している。

「高校の修学旅行？」

リンは宮崎県にある「鬼の洗濯板」のすぐ隣にある青島神社にいた。中新世後期約700万年前に海中でできた水成岩、固い砂岩と軟らかい泥岩が繰り返し積み重なった地層が隆起し、長い間に波に洗われ、固い砂岩層だけが板のように積み重なって見えるようになったという、あの鬼の洗濯板だ。

リンは本堂を左手側に見て、修学旅行のお土産の御守りを家族分これでもかと買っていた。

すると本堂側の身体半分、左側に違和感を覚えた。異常なほどの鳥肌だった。そう、身体半分だけ。そして、ずっとここにいたい――そう思い涙が溢れてきた。

疑問を抱えたまま、リンは帰りのバスに1人でトコトコと向かっていた。もちろん隣に友達は誰ひとりとしていない。


帰宅し、リンはお土産の御守りをお仏壇に置いて夕飯を食べ始めた。

「修学旅行どうだった？　じつはね、リンがいないとき……」

母のこずえが話しかけてきた、その瞬間だった。

宙でその映像を見ているリンは驚愕した。リンの身体からずるりと魂が抜けた。そしてリンの空っぽの身体で、誰かわからないが、まったく違う人格がつらつらと話し始めた。

「私、悲しいの」

完全にリンではなかった。そしてリンの身体を借りた何かはものすごい勢いで泣き始めた。

慌てた母は、リンが修学旅行で嫌な思いをしたのだろうと思い、近くにあったタオルを渡した。まるで成熟した女性が泣いているような泣き方で、母は混乱した。

「リンじゃない……」

母は昨日、自殺未遂をした親友のことを思い返した。母の親友はリンが修学旅行に行ったあと自殺を図っていたのだ。

硫化水素ガス――入浴剤と洗浄剤を混ぜ合わせて「硫化水素ガス」を発生させ、これを吸って自殺する事件が2008年に急増した。毒ガスを発生させるのに使われた入浴剤の製造会社、武藤鉦製薬（愛知県名古屋市）が2008年10月末日で製造を中止すると、700人以上の愛用者から「製造をやめないでほしい」という声が寄せられたらしい。

その硫化水素ガスを使って死のうとした母の親友は、風呂場から母に最後の電話をかけていた。母はすぐさま警察に電話をし、親友は駆けつけた警察官に一命を取り留められていたのだ。

母がその話をリンにしようとしたところで、リンの鬼の洗濯板でのあの感覚とリンの波動がどうやら同調したようだ。

リンの身体は魂を取り戻すのに必死だった。なんとか自分を取り戻そうと、魂はころころと彷徨《さまよ》っていた。

宙でその映像を観ていたリンは、浮遊していたその魂をリンの身体に戻すため、まるで風船で遊ぶようにポイと身体に押し込んだ。正気に戻ったリンは身体がじんわりと温かくなるのを感じ、そのまま倒れ込むように眠りに落ちた。


翌朝、リンの目は腫れていた。自分の魂の感情で泣いたわけではないのに、身体は正直だ。

「あ〜あ、今日も学校か……」

すると、父の武士が意味不明なことをリンに言い始めた。

「これから福岡の仙人が来るから、リン、用意しておきなさい」

「え？　誰それ……」

それは突然訪れた。

目をパンパンに腫らしながら退屈そうにぼーっとしているリンに、

「今からすごい人が来るから、部屋から出てきなさい」

と、父と母が語りかけた。

「何でも視《み》える人がいる」

リンはゾッとした。

「私のすべてが視える？」

リンは混乱しながら、その人がいる部屋に向かった。

扉を開く瞬間が今でもリンの脳裏に鮮明に焼きついている。ふだん休診日は静まり返って暗いジージの診療所の扉が、いつになく黄金色に輝いていた。

扉を開けると、背の低い優しそうなおじさんが目に入った。

「え？　この人？」

何がすごいのだろう。

「こんにちは、お前は今までの人生すべて思いどおりになっていたね」

リンは口を開けたままポカンとしていた。

「私、学校でいじめられているのに……」

そしてその福岡の仙人に、

「お前にはこれから７００年分の経験をしてもらうよ」

そう言われて、これまたリンはポカンとしていた。

「な、な、な、７００年⁉　って私もう死のうとしているのに……」

「お前、幽霊さんは視えていないかい？」

仙人は言った。

たしかにリンは幼い頃から不思議な経験ばかりしていた。

あるとき、前から来た人にぶつからないようによけると、隣にいた母が、

「リン！　何よ！　なんでそんなにこっちに寄るの？」

「え？　ママ、視えなかった？　男の人が通り過ぎたじゃない！」

「誰もいないじゃない。またリンは変なこと言って」

そう母は笑っていた。

こんなこともあった。死期間近な人の目の色が、リンにはコバルトブルーに見えていた。

後日、その人は必ず亡くなった。

ふと思い返してもざっといろいろな感覚が蘇ってきた。

「仙人さん、私ほかにも……」

「それは大丈夫にしておいたよ。はなまるだ！」

そう言い残して仙人は福岡に帰っていった。

リンには何が何なのかわからなかった。しかし、今まで視えていたものや感じていたものが「幽霊さんだったんだ……」と、リンはコクコクと1人で頷いた。


翌朝起きると、リンはまたスクリーンの前にいた。ただ今回はスクリーンが真っ暗だ。

「あれ？　私、再生ボタン押したよね？　またここにいる……」

「プレゼント」と書かれているSDカードを見つけた。

「これ、私の字だ！」

リンはびっくりした。なぜか直感的に、このＳＤカードの中身を見ないわけにはいかない、そんな衝動に駆られて再生機に入れ、スタートボタンを押した。

スクリーンに幼い頃のリンが映し出された。

リンは小児喘息がひどく、身体の弱いリンにジージはかかりっきりだった。よく吸入をしてもらい、本来ならば入院しなければいけないレベルの病状のときも、つきっきりでジージが看病して治してくれた。命を救ってくれたも同然だった。リンはそんな優しいジージが大好きだった。

ジージはもともと獣医を目指していたらしい。

ジージが幼い頃に飼っていた犬が、ネズミ除けの毒団子を食べてしまったことがあった。ジージは犬を抱えて動物病院のドアを叩き、助けを求めたが、獣医にもう手遅れだと言われ、後ろ髪をひかれながら学校に行った。帰ってきたら犬は亡くなっていて、そのとき、獣医になる決心をしたそうだ。

それからなぜかジージは人間の医師になった。経緯はわからないが。

ちなみにリンと同様、身体の弱かったジージは体調を壊しがちで友達にもいじめられていた。どこかリンと似ている。

また朝が来た。

もう目が覚めなければいいと思いながら毎晩眠剤を飲む。だいたい20時。大学中退後、暗闇の中でもがき苦しんだ14年間……。

「え？　14年？」

始まりは些細なことだった。大学を中退してからすべてが始まった。

人間関係がうまくいかない。振り返れば、小学校の高学年から不登校、中学もほとんど行っていない。高校は死に物狂いで勉強して私立の光星高校に入学。高校も2年生に進級してからはほぼ行っていない。登校拒否はお手のものだ。

もっと早く病院へ行けばよかったのかな……。

大学生になって彼氏ができたものの、リンは浮気相手。大学のレポートは溜まるばかり。それでも実家から送ってもらった眠剤を酒で流し込んで何とか生きていた。下剤中毒で166センチ、45キロ。摂食障害だ。

21歳で手首を17針ほど縫う自殺未遂、大学中退。このとき初めて精神科にかかる。2週間の入院。病名は抑うつ状態。

22歳で300錠あまりの向精神薬を日本酒で流し込み、オーバードーズで3か月間の閉鎖病棟への入院。病名は躁うつ病。

24歳でデキコン。しかし妊娠初期に旦那に腹を思い切り蹴られ稽留流産。精神科に通院しつづけるが病状は横ばい。旦那のDVがひどくなり31歳で離婚。そして実家に戻る。仕事が続かず20か所ほど職場を変わり、いよいよギブアップし、34歳の今は障がい者年金で生活している。

つい最近、自分についておかしいことが多すぎたため、病院を変えてみると、双極性障害から併発したADHDであると診断された。

「よくもこんな障がい者を産みやがった」

母親に何度言ってしまったことか。

こんな親不孝者、死んだほうがましだ。……でも死ねない。死ぬのが怖い。

ニュースでは今日もコロナの感染者数が発表される。世の中には俗に言う、「生きたくても生きられない人」がいるというのに、リンは死ぬことばかり考えている。

薬くさい身体。傷だらけの腕や脚。こんな人間は生きている意味があるのだろうか。自問自答の日々が日常だ。

男はとっかえひっかえ。膨れ上がった精神薬の知識。断片的な会話。コロコロ変わる気分。どこかに行ってしまった「嬉しい、楽しい」の感情。何の才能も感じない思考回路。

リンは34歳になった今でも自傷行為を繰り返していた。

２００４年、高校2年の春だった。

ガラガラとクラスの扉を開けると知らない顔が並んでいた。

光星高校では2年の進級時に文系・理系に分かれてクラス編成が行われる。リンは何とか頑張り、８クラス中で2クラスしかない理系クラスに入ることができた。理系クラスに入るため、１年生のときは１日も休まず登校したのだ。

「おはよう」

ポツリとリンが呟く。しかし誰ひとりとして挨拶に応えてくれる生徒はいなかった。リンは不安と疑問を抱え、逃げるかのようにトイレへと足を走らせた。

「この中でお父さんがお医者さんな人、手挙げて！」

リンがトイレの個室から出てくると、１人の女子生徒がリンをじろりと見つめながら、今まで見たことがないような何とも意地の悪い顔で言った。いわゆる1軍女子の歯科医の娘だ。

リンはそれを横目で睨みつけながらトイレからふらりと立ち返った。

医者なのはジージだもん、と心の中で思った。

理系のクラスのほぼ半数は、医者や歯医者、獣医師の子どもばかりだった。とくにリンが入った理2クラスは学内推薦でエスカレーター式に光星大学へと進学できるクラスだった。

リンは偏差値は低かったが医学部への道は諦めていなかったのだ。

クラスのガイダンスが終わると、目に留まったのは8限まで授業があることだった。

「理系は大変なんだ……」

ポツリと呟き帰宅した。

違和感を覚えた。

あんなに意地の悪い奴らが人の命を救ったり、病気を治したりする医者になるの？

その違和感がその日で終わることはなく、すべてのスタートだということにリンは気づいていない。


「リンさん」

初めて話しかけられ、少し驚きながら振り返ると、そこには1年次に同じクラスだった村田くんがいた。

「何？　なんか私に用？」

不愛想にリンは答えた。

「リンさん、みんなと話さないけど、なんで？」

それはこっちが聞きたい。

すると周りの女子生徒たちがコソコソとリンを見ながら噂話を繰り広げていた。村田くんはサッカー部で身長が高く、勉強もでき、女子に人気だったのだ。恋愛経験のないリンにはよくわからなかったが。それが余計に女子生徒の嫉妬心に拍車を駆けたのだろう。リンは学校でほぼ独りぼっちだった。片っ端から女の子に話しかけてみたが絶望的だった。

「なんで？」

この頃からリンは学校を休むようになった。学校に行っても無視される。そのいじめのようなものは次第にエスカレートしていった。

お昼休みのことだった。リンがいつもどおり便所飯をしていると、いきなり頭の上から大量の水が流し込まれた。唖然とするリン。がちゃりと扉を開けると、5人の女子生徒がニヤニヤしながら仁王立ちしていた。リンは彼女らからひどい暴行を受けた。これでもかと髪を引っ張られ、長く伸ばしていた自慢の髪をジョキンと切られてしまった。スカートもビリビリに破かれた。

ママが出勤前、毎朝5時半に起きて一生懸命作ってくれたお弁当。その弁当はもう食べる余地さえないほど、水浸しでぐちゃぐちゃだった。怒りが込み上げたリンはどうしても許せなかった。

お前らに私の気持ちがわかるか。人の優しさや、心の温かさ、心の傷の痛み。そんなこともわからずに、奴らはただエスカレーター式の大学に進学し医者になるのか？

高校の屋上でひとしきり左腕を切りまくった。ドロドロとじりじりと血が流れてくるが、お構いなしだ。左腕だけでは物足りなく、太もも、右腕すべてを刃物で潰した。

コミュニケーション？　会話？　そんなものが必要なのか。

リンは自分が思うことを他人にうまく伝えられない。自分だけが我慢すれば、身体を切りつけてさえいれば、誰にも迷惑をかけなくて済む。そして何よりもその痛みが心地よかった。生きている感じがした。カミソリで傷をつけるその皮膚はまるでマネキンのようで、もはやリンの身体ではなかった。

自分の身体を切り刻む。快感だった。


学校から帰ってきて家庭教師の先生が来るまで、ひたすら右手は小刻みに動き、身体はボロボロになっていた。絆創膏なんかでは拭えない傷の深さ、そして量だった。しかし、そんなボロボロになった身体を見て安堵感に浸る。包帯でぐるぐるに腕を巻き、そこからにじみ出る血を見て安心していた。

何が異常で正常なのかなんてわからなかった。考える余地すらリンにはなかった。すべてのストレス、言葉にできないもどかしさ、親や他人にうまく伝えられない不器用さをすべて自分の身体にぶつけた。生きているのか死んでいるのかわからない。そんな気がしていた。人間関係にも疲れ、独り世界の中に取り残された。自分すらもセピア色に見えた。みんなはカラーでキラキラしている。周りは勉強も部活もどんどんと先に進んでいく。

リンはいつしか自分だけの世界に閉じこもるようになった。

「どうせ言ってもわかってもらえない」

念頭にはこの言葉しかなかった。

高校2年生になると、１６６センチ、60キロの体格を母方の祖母、バーバに批判されることが多くなった。

「リンちゃんはスタイルが良くて美人さんだったのにね……」

心にぐさりと刺さった。

この頃たまたま風邪をひいて5キロ痩せ、少し普通になったのだと思っていたのにだ。

しかしこれがすべての間違い。「思い違い」の始まりだった。

重質酸化マグネシウム――ジージのリビングには家族様にとたくさんの薬が置かれていた。適正量は５００ミリグラム。しかし、リンはＦＡＸに使っているＡ４サイズの紙を横半分に折り、適正量どころか身体が壊れて腸が出てくるほど大量の下剤を毎朝飲み、というよりはザーッと流し込み、体重はどんどん減っていった。

まだ身体が作られている思春期真っ只中の出来事だった。

下剤だけではなく、食べたもので太ることが怖くなり、少量しか食べていなくてもトイレで中指を口に思いっきり突っ込み吐くようになっていた。目からは悔しさと苦しさで涙がボロボロ流れていた。

この頃、変な感覚に陥っていた。食べたあと吐くときに、食べ物の味を確認できる。2度美味しいと勘違いしていた。そのおかげもあってか、高校2年の冬には48キロまで体重は減っていた。マイナス12キロ。

周りの人間はリンはモデルのようだと言った。バーバは満面の笑みを浮かべて「自慢の孫だ」と言い張り、家に訪れるバーバの友達に次から次へと紹介され、まるでリンは見世物のようだった。リンは心も身体もボロボロなのに「自慢……」。痩せていれば正義。

リンは矛盾の中で渦巻いていた。バーバの満面の笑みを横目で見ながら自分の太ももを思いっきりえぐるようにつねった。つらいことを痛みや嘔吐に変換していなければ精神がもたなかった。

2006年4月、リンは大学生になった。

評定は3・8。光星大学の医学部を目指して勉強したが、学力が追いつかず、推薦で理工学部に入学していた。奨学金をもらい学生生活はスタートした。何もかもが初めての独り暮らし。友達にも恵まれ、あれだけ集団生活になじめなかったリンだが、休んだ日は1日たりともなかった。理工学部ということもあり、単位を取ることはけっして容易ではなかったが、リンなりに頑張った。

大学に行き講義を受け、友達と腹の底から笑い、勉学に勤しんだ。高校生からの下剤、過食嘔吐生活は続いていたが、毎日が楽しくキラキラしていた。もうセピア色ではなかった。

男子生徒からはモテて仕方がなく、断ることに困るくらいだった。だが大学3年生の時、恋愛に無頓着なリンにも唯一好きな人ができた。彼は同い年で、とても優しく、リンの頼み事を断ったことは1度もなかった。

しかし、リンは「浮気相手」だった。彼には高校の頃から付き合っている彼女がいて、リンはそれを承知の上で男女の関係となっていた。

彼はリンの父親の武士と性格がよく似ていて、本当に優しかった。ギャンブルが好きで、スロットで勝つとリンのアパートの布団の下にバラリと万札を入れ、

「電気代やガス代に使ってくれ」

そう言っていた。

いつしか彼はリンの家に入り浸るようになった。半同棲生活だ。

だが、毎週金曜日は彼の家に彼女が泊まりに来る。そして日曜日に彼女は帰っていく。彼は彼女が帰ると速攻でリンのアパートへと戻ってきていた。

リンは彼が好きで好きで仕方がなかった。恋は盲目とはよく言ったものだ。浮気相手でもいい。そう思い、自分が特別なのだと勘違いするようになっていった。

しかしそんな乱れた幸せはそう長くは続かず、やがて喧嘩をするようになった。

「私と彼女どっちが好きなの？」

もともと依存傾向にあったリンは彼に依存、いや憑依するかのように重くのしかかった。

彼がリンのすべてになってしまっていた。どっぷりと沼にはまってしまっていた。

彼女から深夜、電話がかかってきても、彼は平然とリンの前で受け答えをしていた。

「今何してるの？」

「テレビ見てるよ」

そんな普通の会話だったがリンの心は嫉妬で渦巻いた。テレビは私と見ているんでしょ？

深夜2時。口論が始まった。けっして怒らない彼はリンをなだめた。

しかしリンは、自分が1番ではなく2番目で、「彼女」になれないことに病み、ひどく荒れ狂った。そして最後に彼に問いかけた。

「私と彼女どっちが好きなの？」

「……彼女」

リンの中で何かが壊れていく音がした。彼の彼女になれないのならば、もうすべてどうでもいい。

この頃、レポート課題が多く、実験やテストは過密なスケジュールとなっており、リンは再び心のバランスを崩していた。彼に出会ってから、やめていたリストカットが始まっていたのだ。リンはガリガリに痩せた身体で、

「最後にお願いがあるの……」

そう言ってコンビニに連れて行ってもらい、大好きなナタデココ入りのブルーベリーのゼリーとお気に入りのメンソールのタバコを買い、彼の隙をみて業務用のカッターを購入し、アパートへ帰宅した。そして彼がトイレに行っている間にカッターで左手首を切ろうとした瞬間、彼が止めに入った。

「お前、何やってんだよ！」

もう何も聞こえなかった。

「少し切ったら落ち着くから、ちょっとだけ切らせて……」

「じゃあ俺も手を支えてるから、少しだからな」

その瞬間、リンは腕がちぎれんばかりの勢いでカッターを振り下ろし、左手首をグサリと切って倒れ込んだ。


気がつくとリンは総合病院の緊急救命センターにいた。

「……え？　生きているの？」

傷口を17針縫われ、これでもかとぐるぐるに巻かれた包帯に、血が滲んでいた。

目からは涙が腹立たしいほど出ていた。

「なんで生きてんだよ……、あんだけ思いっ切り切ったのに」

やがて個室の病室に移されると、なんということか両親が現れた。

「なんで？」

「あんた、何やってんの〜」

と、ママは茶化しながら入ってきたが、顔が強張っていたのがわかった。

ママはリンが打ってもらっている点滴について看護師に聞いた。

その側で彼は両親に平謝りしていた。

「ケフラールならうちにあります。娘を連れて帰ります」

そうママが言うと点滴は外され、リンはアパートへ連れて行かれた。

これで両親は帰るのだと思い、彼と一緒にいようとすると、親はリンが彼に渡していた合鍵を返してもらっていた。リンはボーッとしながら、何が起きているのか、何をしてしまったのか、理解に苦しんでいた。

後日、父親から聞いた話だが、リンはひどく暴れ、睡眠薬を飲んでいたため、彼が救急車を呼んだ際に事件扱いされてしまい、警察も来て、実家に連絡がいったようだ。

朦朧としているリンを横目に、彼は限界だと思ったのだろう。リンの携帯電話からパパにメールを送っていた。そんなことになるとはつゆ知らず、リンは自殺を図ってしまったのだ。

引きちぎられるように彼と別れ、彼はリンのアパートから出ていった。

「しばらくうちに帰ろう」

父親に言われ、大学のレポートが溜まっていることを切に伝えるが、誰がどう見ても大学に行ける状態になかった。

高速道路に乗ると、リンは幻覚を見るようになり、すぐに過呼吸になってしまった。

サービスエリアのトイレに行くときはママに手を引かれて連れていかれ、車内でも1人でじっと座ってはいられなかった。まるで幼い子どものようだった。

何回も過呼吸発作を繰り返し、ようやく久しぶりの実家に着き、リンは眠りについた。

翌日も発作は続き、ジージの口利きでリンは初めて地元では大きな精神科へ向かった。

「抑うつ状態ですね、しばらく入院してお休みしましょう」

医師からそう告げられ、初めて向精神薬を飲んだ。

リスパダール——とても苦い液体だった。それを飲むと、リンはまだよくわからない病室で泥のように眠った。

気がつくと深夜1時になっていた。むくりと起き上がるが、ものすごい倦怠感でまともに歩けず、廊下で転んだ。駆けつけた看護師にもう1度薬を飲まされ、リンは再び強制的に眠りについた。


「おはよう！」

隣のベッドにいた子がリンに話しかけてきた。

「お、おはよう」

とても病人には見えないその子は統合失調症だとのちに話してくれた。

体重は43キロまで落ちていた。しかし何も食べる気が起きない。

看護師は栄養調整飲料1缶を1日かけて飲むように告げた。しかし、なんでこんな高カロリーの物を飲まなくてはならないのかリンにはわからなかった。

鏡を見ても醜く太っているように見えた。同時に、いつもソワソワして落ち着かなかった。

身体の中が痒い。そんな感覚だった。

10日間ほどで入院生活に我慢ができず、リンは主治医の反対を押し切り退院してしまった。家に帰ればソワソワは収まるものだと思っていたが、その感覚はずっと続いた。何年も経ってからそれは「アカシジジア」、リスパダールの副作用による症状であることがわかった。

ここからがリンの闘病生活の始まりだった。

医師は異常に痩せていくリンを診てすぐに摂食障害と気づき、ジェイゾロフトが処方された。処方箋には「憂うつな気分や不安感を和らげ、意欲を高めるお薬です」と書かれていた。

薬を変えて1週間。リンは見違えるように元気になっていた。風呂上がりに体重を測ると5キロ増えていた。リンは焦った。太るのが怖くなり1日1食サラダのみの生活を始めた。

1週間後。体重は減ることなく、むしろ1キロ増えていた。リンは頭を抱えた。

「なんで？」

飲んでいる精神薬をネットで片っ端から調べると、原因はジェイゾロフトだった。「著しい体重増加が否めない」と書かれている。ゾッとした。

この日からリンはすべての薬を飲まなくなった。太るくらいなら飲まないほうがましだ。

しかし大間違いだった。離脱症状が出はじめ、身体はぐったりし、頭は不安でいっぱいとなり、眠れなくなった。そして病院に向かうと、

「太らない薬を出してください」

そう言い医者を困らせた。

どの精神薬も体重増加の副作用があると書かれていたが、ジェイゾロフトだけは別格だった。息をするだけでも太る感覚があった。

みんな信号が青になれば走り出し、赤になれば止まる。

他人と違うことが、なぜそんなにもいけないのだろうか。

「早くお迎え来ないかな……」

リンは真面目に思っていた。

生きて薬を流し込み、目を閉じる毎日。苦痛だった。こんな人生、もううんざりだ。

リンは父親に言った。

「人間って死ぬときには良いこと、悪いことが均等になるようになっているんだよね？　悪いことしかなかったけど、天国では良いことばかりかも」

そんな戯言を並べて、父親を困らせた。

リンの母親は非常に気分屋で、リンは幼い頃から母親の機嫌を窺《うかが》っていた。介護士をしていて、職場ではきちんと働いていたが、家に帰ると何もせず、父親が帰宅するまで寝てばかりいた。リンの面倒など見るはずもない。

リンはろくに飯も食べさせてもらえず、父親が帰ってくるまで、1日1リットルの牛乳で何とか空腹をしのいでいた。哺乳瓶に入れた牛乳を電子レンジでいい具合に温め、録画しておいたアニメを観ながら、ちびちびと少しずつ飲むのだ。——今でいう「ネグレクト」。そのおかげなのか、女性の平均的な身長をはるかに上回ったが——小学校に上がるまでリンの哺乳瓶生活は続いた。

小学1年の頃、ずっと哺乳瓶をくわえていたせいか、前歯がおかしなことになり、リンは母に半強制的に歯医者に連れて行かれた。

歯科医師は母に問いかけた。

「この歳でこんな歯並びはおかしいですね……」

母はすかさず言った。

「この子、こんな歳なのに、まだ指しゃぶりがやめられなくて困ってるんです」

大ウソつきだ。

大人はこんな大ウソをつくのに、なぜ私だけいつも責められ、独りぼっちなのだろう……。

月日がたっても母親の怠惰は変わらず、父親とリンがこしらえた飯を、ただたいらげるだけだった。父親と喧嘩をして頭にくることがあったら、リンに当たり散らしていた。リンが31歳で離婚して実家に戻ってからも、同じような日々の繰り返しで、リンの心は荒んでいた。

そんなある日、リンの声が突然出なくなった。リンが32歳のときだ。心の底から大声を出しているのに、吐息にすらならない。この日からリンはホワイトボードで両親と会話をするようになった。

(このまま一生、声が出ないのかな……)

リンは焦った。何とかして声を出さなければ。ただただ涙だけが溢れてくる。インターネットで発声方法を調べるが、声は出ない。

リンは通院している精神科へと足を走らせた。心因性失声症――心のバランスを壊したリンは精神的な要因で声が出なくなっていたようだ。

「どうせ演技でしょ」

と、母親は言い放った。

演技なら独りでいるときは声が出るはずだ。この女は何を言っているのだろう。しまいには、「今まで父親にもらっていた金を返せ！」とリンに怒鳴りつけるかのように母は言った。

心が砕け散った瞬間だった。

(私はもう生きていないほうがいいんだ……)

存在することさえ許されないのだ。


思い返してみたが、リンは物心ついてから母親に「かわいいね」と言われた覚えがない。

「川でパパとわたしが溺れていて、1人しか助けられないとしたら、だれを助ける？」

幼いリンは母親に問いかけた。たしか4歳の頃だ。

リンはもちろん自分だろうとウキウキしながら母の返答を待つ。

「パパ」

……声を失った。

本当に望まれて生まれてきた子どもなのだろうか。子どもは可愛い、可愛いと言われながら育つものではないのだろうか。

この頃からだろうか、リンに希死念慮が生まれたのは。何ともむごい感情だった。母親に最後に褒められたのはいつだろうか。

しかしリンは、愛されていないと自覚すればするほど、母親の無償の愛を求めるようになった。まるで神にもすがるかのように。執拗に母親からの愛情を求める、ある意味すさんだ子どもになっていった。母親の気を引くために具合が悪い振りをするなど、とにかくかまってちゃんになっていた。母親からの愛情が薄いと、こんなにもひねくれてしまうものなのか。

父親はリンを可哀想と思ったのだろう。リンは次第に父親と仲良くなった。

父親は本当にリンを愛してくれている。身をもって実感できた。しかし母親の視界に入ると「家庭内いじめ」が始まった。母は父親にしか話しかけない。リンは基本無視。

父は大手外資系の保険会社に勤めていた故に飲み会や会食、ゴルフ接待などが多く、ほとんど家を空けていた。リンは孤独だった。

この頃、小学1年生。ザ・女の子といった豪華な部屋を用意され、強制的に1人で寝かされるようになった。リンは毎晩、独りボッチの広い部屋で時計を眺めていた。

「眠れない……」

つらくてリビングにいる母のもとへ行くと、ひどく叱られ、すごすごと部屋に戻るしかなかった。時計は深夜2時。布団に入ったのは21時だ。この日からリンは幼くして不眠症となった。毎日毎日、強制的に部屋に連れて行かれ、ひどいときは明るくなるまで、小さな目を閉じ、眠る努力をしていた。地獄だった。入眠したと思ったら心臓がバクバクして飛び起きる。時計の針を見ると、ほんの2分たらずしか時間は進んでいなかった。

父親が帰って来た物音がするとすがりついた。

「パパ、一緒に寝てもいい？」

ようやく両親の寝室に入れてもらえて、リンは眠りにつくことができた。

しかし睡眠のつらい時間は毎日やってくる。毎日リンは手紙を書き、母に問うた。

「今日一緒に寝てもいい？」

この手紙は小学5年生まで続いた。しかし母はけっして首を縦には振ってはくれなかった。

ある晩、いつものように母に手紙を渡す場面を見かけた父が、

「お前今日は生理だろ？　今日くらい、いいじゃないか」

リンは心をえぐられた。

「え？　それが理由で私はいつも独りぼっちだったの？　眠れなかったの？」

高学年になっていたリンには否が応でもそれが何を意図しているのかがわかってしまった。

母はきっと私という子どもが嫌だったのだ。次の可愛い子どもが欲しかったのだ。

リンの不眠症は加速していった。寝れない＋理由がソレ。とんでもない侮辱を受けた。


人は何のために生きているのだろう。何の楽しみもなく、仕事に追われる毎日。現代人特有のものであるのか……。

母は夜勤明けで朝からグチグチ言っていた。

「私は何のために働いているのだろう」

珍しい。母が後ろ向きなことをリンに言うのは、非常に。毎日、毎日介護福祉士の仕事を

し、還暦にして夜勤までこなしていた。２０２１年の冬、リンは34歳になっていた。

ポツリとリンは言った。

「ママ、好きなことすればいいんじゃないの？」

「好きなこと……私には何もないよ」

リンは思った。

「お金より大切なものがたくさんあるじゃない」

母は目を丸くした。

「温かいご飯を家族で食すことができ、とりあえず健康、温かいお風呂に入れて、温かい布団でゆっくりと眠ることができる。ママはお金で買えるものをすべて持っているんじゃないの？」

生きてるだけで丸儲け——明石家さんまさんが座右の銘としている言葉だ。

きっと単調な生活に慣れた母の愚痴だった。

大切なのは「心」だ。何をしていようともすべては本人の心が判断するのだ。

ママにも壮絶な過去があった。

ママの父親、つまりジージは医者、母親であるバーバは専業主婦だった。

ママには3歳離れた弟がいて、幼い頃から英才教育を強いられていた。小学校から帰ると母親と毎日5教科のドリル。それが終わると、あの時代にしては珍しい、チェロの先生を自宅に招いて、豪華な応接間でレッスン。小さな手で一生懸命チェロを弾いていたそうだ。

ママも、弟ほどではなかったが英才教育をされていた。バーバと一緒に家事がしたくてお手伝いをしようとしても、

「あなたは勉強とピアノだけ弾いていればいいの」

そう冷たく言い放たれた。

そして洗い物だけをさせられた。バーバと話しながら、料理を作りたかったはずだ。

しかしそんな日は訪れなかった。リンと同様、立派なひとり部屋をもらい、小学校低学年から独りぼっちで寝ていた。

「寂しかった」

ママが初めて言葉にした。

ママの弟は、医者の息子ということもあり、中学では先生にイヤガラセをされるようになった。宿題の数学のノートを提出すると、ノート3ページ分が引きちぎれるほどの強さで、嫌味根性満載に赤ペンで花丸を書かれた。

その頃からだろうか。弟は非行に走るようになった。すべての理不尽さ、悔しさが非行を

加速させていった。窃盗、バイクの無免許運転、シンナー。気づいたときには手が付けられないほどのヤンキーとなっていた。

ジージとバーバは困り果て、世間体を気にした果てに、弟が中学2年のときに神奈川にあるジージの実家に弟を送り込んだ。しかし弟の非行は収まるどころか余計にひどくなり、バーバは弟に連れ添うように神奈川に行った。ジージは飲めないウイスキーを流し込んで毎晩寝ていたようだ。

そのころ、ママは高校生。そんな家族の姿を見て、親に甘えたことがなかった。

「私はしっかりしなきゃ、駄々をこねてはいけない」

強く思うようになった。それがママを、ママの心を形成してしまっていたのだった。

それから40有余年がたち、還暦を迎えたママがポツリと言った。

「弟がいない神奈川の部屋で、ママと大学での話や他愛のないこと話したかった」

初めて聞くママの本心だった。

ママはリンに愛情がなかったわけではない。けっしてリンが可愛いくないわけではなく、ただ愛情表現を知らなかった。そんなこととともつゆ知らず、リンはママを苦しめてしまっていたのだ。

今日も1日が暮れていく。本当に普通の1日が。しかし、これが最大の幸せであり、科学でも数学でも証明できない幸せなのだ。

父は酒に酔っていびきをかき、母は肘をつきながらこたつで眠っている。35年目の夜だった。まるですべての物事がゆっくりと回る、ぐるりと回る。ウイスキーの中の氷のように。暖かいまどろんだ空気は渦を巻く。

ジージ。そっちは暖かいですか？　愛犬のアリスやキキはいますか？

ジージがいなくなって、私は孤独を楽しむようになったよ。

使わなくなった聴診器……。ジージの仏壇に行きたくなくてそっと写真をなぞったよ。

次に会うときはいつなのかな？

小さい頃、庭で空気と遊ぶかのようにふんわりと踊っていた私をそっと見てくれていたこと、知っていたんだよ？

夜空を見上げたよ。星の中にジージがいないことはわかっているんだ。でもね。なんだか見上げてしまうんだ。何度だって見るよ、ジージの写真。なんでいなくなっちゃったの？

お医者をしていたジージは「天国の診療所」でたくさんの人を助けているんだろうな。

そっちの診療所はどうですか？　お医者は足りていますか？　行列ができていて、きっとてんてこまいだろうけど。でもジージは一人ひとり患者さんをきちんと診ているんだろうな。

リンはまだそっちには行けないけど、相変わらず薬を飲みながら何とか生きてるよ。

いろんな患者さんをジージの診療所で覗き込むように見ていたけれど、ジージほど病気を見て見ぬフリをしている患者さんは見たことがないよ。まさかあのとき、ジージはすでに病気だったなんて。リン、気がつかなかったよ。青二才だもの。


みんなどうして普通に生きられるのだろう。

本日は紳吾の結納の式が執り行われた。紳吾ももう21歳。結婚相手はどうやら料理が得意でとても家庭的らしい。ぷくぷくとした頬っぺたが物語っていた。

紳吾は、リンが中学1年生の5月に産声を上げた。ただひとりの大切な弟。苦労ばかりかけた弟に何かできることはないか——姉が自死して結婚式に出席しなかったら、どれだけの迷惑をかけてしまうのだろう。思い留まり右手のカミソリがケースにしまわれる。

弟には幸せであってほしい。子どもが大嫌いなリンだったが、弟が生まれて子どもが大好きになった。オムツを替えて離乳食をあげる。学校から帰ってきて弟の顔を見るのだけが楽しみだった。じつは公園にいて、学校には行っていないが……。こんな出来損ないのポンコツ人間でも、弟がかわいくて仕方がなかった。

しかし最近になって精神的に暴れるリンを見て、ついに弟が手を上げた。可愛いと思っていたのはリンだけだったのだ。弟は精神病で親を困らせているリンが憎かったのだ。思いっ切り蹴り飛ばされ、ひどい暴行を受けた。元旦那よりひどい暴力だった。

ショックでリンから笑顔がなくなった。家族から邪魔だと思われていたのだ。

「強制入院」

家族から告げられた。

22歳のとき、3か月間閉鎖病棟に入院した際には、看護師、医師からひどい扱いを受けた。同じ入院女性患者からは性的暴行をも受けていた。

1歩も外に出られず、ただただ薬を飲む生活。まったくもって家畜同然だ。

行き場をなくした認知症患者の受け口となっており、トイレのポータブルは何日もそのまま。オムツ交換はしていないに等しいひどい閉鎖病棟だった。あんなところで生涯を終えるなら、今ここで死んだほうがましだ。しかしそれさえ許されなかった。

死のうとした瞬間に強制入院だと。腕も切れない、薬も飲めない。生き地獄だ。

そんな中でも唯一の救いは父親だった。家族の中で1人だけリンに声をかけてくれた。

「お前の笑顔に救われていたのになぁ……」

どうしても笑えなかった。どうしたら笑えるのかわからなくなってしまった。

「ごめんよ、パパ」

涙がこぼれた。笑顔にはなれないのに。これこそ本当の親不孝者だ。

父は小学校から学校に行かないリンを怒ったことが1度もなかった。


そんな父にも壮絶な過去がある。

リンが生まれた1987年、父は25歳。リンは8月18日の暑い日に産声を上げた。

その2か月前の6月18日。父の大切な、リンからしたらじーちゃんが亡くなった。じーちゃんがこの世を去った時間とリンが生まれた時間はまったく同じ朝の10時だった。

今でも父は酔うとじーちゃんの話をする。

パチンコが好きだった。酒が好きだった。まるで今のパパだ。

今、ばあちゃんは認知症が入り、父の兄が面倒を見ている。古ぼっかしい幼いころからの思い出がいっぱいの父の実家は、介護のしやすいハイテクな家へと勝手に建て替えられていた。それも父が知らぬ間に。父の空虚な気持ちは隣にいるだけで見て取れた。もしかしたらどこかで涙を流していたのかもしれない。家族の見えないところで。

パパは小さなリフォームの会社を経営している。社長のくせに毎日休みもなく、保険外交員時代にたたき上げられた営業センスで在宅を訪問し営業に回っている。

それに比べてリンはどうだ。可愛かった弟には蹴り飛ばされ、ママには依存するなと言われやさぐれている。ちんけなものだ。そして笑顔も失った。

自分のために生きるのが無理なら、生きていてほしいという父のために生きてみよう。


「紳吾が契約とれたよ」

パパからラインが入った。

紳吾は父の仕事を継ぐため、21歳にして、専務として会社に勤務している。

本当は心の底から嬉しかった。いくら一昨日蹴り上げられたからといって、大切な可愛い弟だ。万歳でもして祝ってやりたかった。しかし笑顔がないリンにはできない。不覚だ。

夕飯はおでんだった。食後、紳吾は嬉しそうに自分の部屋に入っていった。顔は見ていないが声が弾んでいた。彼女に報告するのだろう。

(よかったな)

心の中で思う。5か月も契約が取れなかった弟が偉業を達成したのだ。嬉しくて仕方がなかった。どれだけの苦労も微塵も感じさせないところは父譲りだ。

紳吾は幼い頃からアニメが好きで、アニメのCGの専門学校に入学したが1年足らずで辞めてしまった。その後から弟の模索が始まる。いとこの工事現場で単発のバイトをしたり、しなかったり。髪は金髪や赤になりどんどん派手になっていった。しかし誰も紳吾を責めなかった。

　母は紳吾が専門学校に入って独り暮らしをしている間、紳吾が高校生のときに使っていた年季の入った青いリュックサックを背負って仕事に赴いていた。相当寂しかったのだろう。ジージやバーバは専門学校の資金を出したにもかかわらず、「帰ってきてくれて嬉しい」と言っていた。

　じつはリンも紳吾が帰って来て嬉しかった。なにせ可愛くて仕方がなかった。家族全員が。そんな弟が姉であるリンに暴力を振るったのだ。前代未聞の出来事だ。

　たぶん弟はリンに手を上げたとき、心の中で泣いていたのだと思う。本当はやりたくない役。汚れ役を弟はかって出たのだ。このポンコツダメ人間のために。おかげで肋骨を骨折はしたがリンは正気を取り戻すことができた。みんなのためではあるが、もう1度生きようと思えた。

　ありがとう、弟よ。こんな姉で本当に申し訳なかったがこれから頑張ろうと思えた。「愛情のある暴力」だった。あんな愛のある暴力は初めてだった。

「生きてくれ」

　弟の拳から聞こえてきた。

「ありがとう」

それしか思わなかった。

２０１９年８月22日。その日は突然やってきた。

ジージが亡くなる４日前、８月18日。病室にいるジージからリンのスマホに電話がかかってきた。

「リン、31歳のお誕生日おめでとう」

ジージはそんな状態でもリンの誕生日を覚えていてくれたのだ。嬉しさと、消えていくジージの命を考え涙が止まらなかった。

「リンが三十路を超えるとはなぁ」

リンは夕方、いつものように病院へ赴いた。母と母の弟、リン、そして紳吾が交代で、夜間、ジージに付き添っていた。昼間はたくさんの面会の人で溢れ返っていたジージの病室だが、どうやらジージは夜が怖かったらしい。それもそうだ。肺気腫と誤嚥性肺炎でほとんど息ができず、発作のようなものを繰り返していた。

何度も医師にジージは助からないのかと聞きに行った。最終的にはモルヒネを打ち、主治医からは「モルヒネは打ってから２、３日ほど」と告げられていた。

医師であるジージは、この状態でのモルヒネは最終手段だと否が応でもわかるだろう。家族はモルヒネの注射器を隠していた。しかし主治医が「先生、モルヒネの調子はどうですか」と聞いてしまったのだ。驚いたのはその後のジージの発言だった。

「先生、モルヒネというものは大変効きますね」

しっかりとした威厳のある声で言っていた。それを聞き、廊下で泣いた。ジージは自分の病状をしっかりとわかっていたのだ。モルヒネで朦朧とした中でも。

この日の付き添いはリンと母だった。母は毎回ジージとの別れ際に、「ごきげんよう、さようなら」と言って、笑顔で手を振りながら帰っていた。母なりのジージへのエールだったのかもしれない。毎回お風呂場で泣いていた母だったが、そんな心情を悟られまいと気丈に振る舞っていたのだろう。

介護士の母は職業柄なのか、ジージの入れ歯を外し、入念に口腔ケアをし、リンと病院に来る前に血眼で探して買ったドライシャンプーでジージの禿げ散らかっていた頭を洗い、温かいタオルで丁寧に拭いてあげていた。そのたびにジージは、「頭に風が通るぞ?」とジョークを言い、リンと母を笑わせた。

母が洗面台に向かったとき、ジージがポツリポツリとリンに話しかけてきた。

「俺はおじいちゃん失格だなぁ……」

「なんで?　ジージは自慢のおじいちゃんだよ?」

「俺はリンしか孫を可愛がっていなかったよ」

ジージがニコニコして少し唇を噛みしめながら言った。

孫はリンを含めて4人。リンは幼い頃を思い出した。

静まり返った深夜、冬の診療所。幼いリンの目には、吸入器の電源を入れネブライザーを用意している優しいジージの姿が映った。

「リン、この煙をきちんと吸うんだよ？」

ネブライザーは独特でしょっぱいような苦いような味がした。リンは一生懸命それを吸い込んだ。ジージはリンの背中をさすっていた。

小児喘息がひどかったリンは、低気圧が近づくと頻繁に発作を起こしていた。幼いながらにとてもつらかった。幼稚園、小学校の運動会はほぼ見学だった。そんなときでもジージはずっと側にいてくれた。

4歳のころにはこんなこともあった。

外国のアニメ映画が字幕付きでテレビで放送されていた。リンはもちろん字幕が読めず、チャンネルを変えようとすると、

「ジージが読んであげるから一緒に観ようね」

そう言ってジージはリンとアニメ映画を観てくれた。いや、ジージがリンと観たかったの

かもしれない。リンは当たり前にみんな同じと思っていたが、明らかにジージは初孫のリンを可愛がっていた。けっして当たり前ではなかったのだ。

リンの脳裏にはジージとの思い出で溢れ返っていた。

そして晩年、ジージと約束をしていたことがあった。

「俺が死ぬまでにリンの病気が治ればいいなぁ」

「ジージ、病気治ったんだ！　もうお薬も飲まなくていいって先生に言われたよ！」

ジージは涙を流しながら、

「良かったなぁ。本当に嬉しいよ」

リンは病室でジージに初めて嘘をついた。

そしてジージはバーバと母に看取られ、息を引き取った。

ジージの跡も継げないただの精神病のリンが唯一したジージへのプレゼントだった。

＊　＊　＊

再びリンはスクリーンの前にいた。

はぁはぁと息を乱し、頭はただただ混乱した。

「今までの映像は何だったの？」

＊　＊　＊

また朝が来た。

今朝も7時30分に目が覚める。もう目が覚めなければいいと思いながら、毎晩眠剤を飲む。だいたい20時。暗闇の中でもがき苦しんだ13年間……。２０２１年、リンは34歳になっていた。

「あ～あ、また生きてら」

リンは心療内科に通い、眠剤や向精神薬剤を飲みながら生活している。リンは立派な躁うつ病とＡＤＨＤとなっていた。自立支援の際に提出される医師からの診断書には「自閉傾向あり」に丸がつけられていた。いわゆる「自閉スペクトラム症」。

気になって調べると、人に対する関心が弱く、他人との関わり方やコミュニケーションの取り方に独特のスタイルがあるとのことだった。ほかには、臨機応変な対人関係を築くことが難しく誤解されてしまいがちだと書かれてあった。まるでリンそのものだった。もう10数年の付き合いになる。どんな彼氏よりも長い。

家族はリンの言動、行動にうんざりしていた。

2世帯住宅の1階には相方を亡くしたバーバが独りで暮らしていた。少しだけ認知症にかかっているが、どうにか生きていた。そんな祖母とリンを、母は同じ括りにしていた。

「精神病患者」

弟はどう思っていたのだろう。姉であるリンが問題を起こし、「めんどくさい」と思っているに違いない。

「いなくなればいいのに」

話さなくてもわかる。なにせリンは周りを振り回すのは大得意だからだ。だが、それが病状なのだ。

被害妄想、リストカット、オーバードーズ。忘れ物、すぐに物を失くす。部屋はごちゃごちゃ。片付けができない。異常なほどのこだわり。話は飛び飛び。

毎日生きるだけで精一杯なのだ。だからほかに何もする気力が湧かない。すぐに疲れてしまう。しかし家族からは「甘え、逃げ」と取られている。まあ、世間から見れば甘えになるのだろう。

この生き地獄からどうしたら抜け出せるのだろう。処方された薬を飲んでもただ眠れるだけで、気分が晴れたことなど1度もない。むしろ気分は沈んでいくばかりだ。精神医学に疑問すら覚える。

タバコをくわえながら毎回思う。

「フロイトの馬鹿野郎」

世間では毎日亡くなる方が出ている。私もその中に入れてはいただけないだろうか。もう正直しんどい、疲れた。生きることに。


それからしばらく時間がたって、ジージが亡くなったことがじわじわと現実味を帯びてきたとき、バーバは暴れたりすることが多くなった。とくにママには強く当たった。介護士であるママはバーバの面倒を一生懸命見ていたが、バーバはジージが亡くなって絶望的になり、一気に老け込み年老いた。同時に脚も悪くなり手術を受けた。ジージがいなくなり、バーバは「生きる道しるべ」をなくしていた。

バーバの口癖だった。

「毎日、お仏壇に早くお迎えにきてよってお願いしているのよ」

バーバは老舗旅館の長女として生まれ、昔から料理がすこぶるうまかった。だが、ほとんど料理を作らなくなった。あのバーバが。

小さい頃にはよく牛乳寒天に私の大好きなスイカを入れておやつを作ってくれた。料理はバーバに教わった。ママは料理が不得意だった。

バーバはジージが生きているときから2世帯住宅にしてリンたち家族と暮らしていた。介護度3と認定され、大きな家の中には手すりや介護ベッドが運びこまれた。しかし誰もバーバに会いに行く人はいなかった。鼻っぱしらの強いバーバは嫌われていた。けっして嫌な人間ではないがとにかくわがままだった。リンがたまに様子を見に行くと、満面の笑みで喜んで紅茶を淹れてくれた。優しかった。バーバは紅茶が大好きで、よく2人でバーバお気に入りの可愛いティーカップで紅茶を飲んだ。ティファニー色のカップで。

バーバはついに精神科に通院するようになった。薬で気分をコントロールするしかなかったのだ。病名は統合失調症。とにかく気分の浮き沈みが激しかった。

平日はデイケア、デイサービスに通い、バーバなりに頑張っていた。しかし如何せん、ママとの関係性が良くなかった。律儀で仕事柄細かいママとバーバはどこか、やはり似ていた。ママはママなりに一生懸命バーバの介護に取り組んでいた。しかし、「して当たり前」、そうバーバの顔には書いてあったように思える。

精神薬の管理からケアマネージャーとのやり取り。ママは張りつめて切れそうな糸のように頑張っていた。ジージが亡くなり、ママは仕事を辞めてバーバの面倒を見ている、パパと。

この闘いはいつまで続くのだろうか。在宅介護の大変さはその家族にしかわからない。

そんな生活を送っていた2022年7月の暑いある日、バーバは1人での生活に堪え切れず、ジージが開業医を引退したあとに施設長をしていた老人ホーム「癒しの森」に入所すると言い始め、あれよあれよと話は進み、ほんの2週間足らずの間で家からいなくなってしまった。ママの心にぽっかり穴が開いたかのような状態だった。なにせ、自身の仕事を投げうってまで一生懸命面倒を見ていたのに何の相談もなかったからだ。

ジージとバーバが住んでいた1階の部屋はもぬけの殻となった。すべての時が止まったような、そんな家が出来上がっていた。

バーバは入所する際、ジージの位牌に向かって、

「幸せになってください」

そう言い残して出て行ってしまった。どういう意味だったのだろうか。

「ジージとはお別れなの？」

ジージはバーバのことが大好きだった。ケータイの待ち受けを、昔自身で撮ったバーバの写真に設定しているくらいだった。

リンは思った。バーバはもしかしたら医者であるジージが好きだったのかもしれないと。

ある日、いつものようにバーバの顔を見に1階に行くと、バーバは枕の下に入れた1枚の写真を見せてくれた。そこには……、白衣を着て、自宅の玄関先で撮影されたであろうジージの顔が映っていた。そしてこう言った。

「この家からはもう医者は出ないからね」

リンは唖然とした。やはりバーバは「医者であるジージ」が好きだったのだ。リンはジージを想い、声にならなかった。

幼い頃を思い出した。リンは哺乳瓶を咥えながらアニメを観ていた。ママは第2子を8か月で流産し、産婦人科に入院していた。

フワッと何か手に当たるものがあった。ジージの肩だった。リンはジージがおんぶしてくれている背中でミルクを飲みながらアニメを観ていたのだった。温かく、しかし少しだけごつごつした背骨はとても心が温かくなった。

そしてジージはそーっとリンを負ぶって寝室に連れて行った。ジージとバーバのベッドの真ん中に大事にリンは寝かされた。パチッと目を覚ますと、

「明日ママの病院へ連れて行ってくれる？」

そう言って1粒の大粒の涙を流すと、また目を閉じた。

ジージはこのときの話をリンが大きくなってもよくしていた。

そんなジージのことがリンは大好きだった。

職業柄なのかジージは母親のような温かい人だった。時には子どもの患者にきちんと薬を与えない母親を叱ったこともあったほど、「いのち」を大切にしている偉大なジージだった。

それなのにバーバは……。

朝リンが目を覚ますと、すぐさまバーバに電話をした。この日は眼科の受診日だった。バーバは入所する前から緑内障により点眼薬を差し、ジージと時折眼科に通っていた。

リンがお気に入りの小さな車で迎えに行くと、バーバが施設から介護士により車椅子で連れてこられた。

「バーバ！」

「リンちゃん！」

2人は3か月ぶりに再会した。リンが満面の笑みを浮かべる隣の助手席でバーバには表情がなかった。リンはバーバが緊張しているのだと思い、気にしないようにしていた。

眼科に着き、着々と検査が進められ、7月にまた検査があると告げられ診察は終わった。

「バーバ！　お寿司食べに行こう！」

リンがそう言うとバーバは頷いた。しかし寿司屋に着いてもバーバは強張った表情のままだった。大好物の中トロ3枚とあさりの味噌汁を飲み干し、

「ソフトクリームが食べたい」

と言うバーバのために、寿司屋ではなかなか置いていないパフェを頼んだ。バーバは柔らかい生クリームの部分だけを食べて食事を終えた。するとバーバが、

「おうちに行ってお仏壇でジージにお参りをしたい」

と言い出した。

リンは考えた。ジージとバーバがいなくなった1階は弟夫婦が住むことによりリフォームされ、昔の面影を失っていたからだ。それをバーバも知ってはいたが、目の当たりにしたらショックなのではないか。しかしジージのお仏壇に連れて行ってあげたい。

リンは不安な気持ちを押し殺し、

「うん！　ジージに会いに行こう！」

そう言って店を出た。

玄関のドアを開けて家に入ると、バーバの顔色が変わった。仏間には足の悪いバーバ専用の椅子が置いてあったのだが撤去されていた。

バーバはジージのお仏壇にすがりつくかのように立ったままリンとお参りをした。

「長らく来られなくてごめんなさい……」

バーバの声は震え、泣くのを必死に我慢しているのがすぐにわかった。

リンはバーバの身体を支えながら2人でお参りをした。

バーバはよろよろと久しぶりに帰ってきた我が家で、様変わりした家で、必死に昔の面影を探していた。しかし洋服や家具、家電はすべて捨てられており、微塵も昔のニオイを感じることができなかった。リンはそのバーバの姿を見て涙を堪えた。

「バーバのズボンはどこ？」

とっさにリンは嘘をついてしまった。

「ママが持っててくれているよ」と。

「そう……」

バーバは暗い顔のまま家を出た。そして無表情のまま、

「可愛いリンちゃんともお別れの時間ね」

と言い、車は施設へと向かった。

バーバを降ろし、リンは泣きながら家路へと車を走らせた。じつはジージが入院していた際にリンは、「ジージになにかあったらバーバのことは私に任せてね」と言っていた。ジージはニコニコしながら、「リンがいてくれれば安心だ」そう言っていた。

それなのにこんなにもつらい思いをバーバにさせてしまった。後悔で頭はいっぱいだった。

しかし仕方がないのだ。世代交代――リンはまだついていけていない。それはバーバも同じだったのだ。

ママが帰宅し、今日の出来事とバーバに喜怒哀楽の表情がなかったことを伝えると、

「認知度が進んだんだね。認知度が進むとお年寄りは表情がなくなるからね」

と説明され、リンは納得した。久しぶりの再会に笑みがなかったのは認知症のせいだったのか。

1月の眼科検診の際にはバーバはニコニコしていた。このときもリンとバーバは2人で眼科に赴いていた。

認知症は確実に進行していた。誰しもが同じではあるが、バーバが天国の階段を上がり始めていることをリンは確信した。

老人ホームはコロナ禍で面会も外出もできず、バーバの足と脳は完全に衰えていた。ウォーカーなしでは独歩ができない状態になってしまっていたのだ。リンと歩く際も、右手には杖、そして左手はリンの手を頼りぎっちりと握られていた。

「ジージごめんなさい……。約束ちゃんと守れてないよ」

そう思い、今日も眠剤を流し込んだ。


リンには友達はいなかったがかけがえのない「親友」がいた。

それは愛犬のブーリンだった。リンが24歳のときに飼い始めたチワワとシーズーのＭＩＸ犬。リンは「ぶー」と呼んでいた。

ぶーはいつもリンの側にいてくれた。どんなときも。リンが旦那に暴力を振るわれていたときも、嬉しいときも悲しいときも。リンにとってぶーはかけがえのない存在だった。

リンは不思議とも思わなかったが、ぶーの気持ちがわかった。それはぶーも同じだった。

ぶーはとても頭が良かった、リンよりも。リンはぶーの理解者で、ぶーはリンの理解者だった。2人はいつも一緒だった。寝るときも、朝起きても、1日中、1年中。そんな日々がずっと続いていく……。リンはそう思っていた。

ある日のことだった。ぶーはおしっこを漏らすようになった。絶対にトイレを失敗しない綺麗好きなぶーが。リンは9歳のシニア犬特有の尿漏れだと思い込むようにしていた。

しかし、この日を境にリンにはぶーの「声」が聞こえなくなっていた。

リンは父親に問いかけた。

「最近さ、ぶーの考えていることがわからなくなっちゃったの」

ぶーがどこか遠くに行ってしまう気がしていた。

「ぶーちゃん？　何を考えているの？　どうして話してくれないの？」

その2週間後。ぶーの容態は急変し、慌てて動物病院に連れて行った。

ぶーは何日も何も食べていないはずなのに、リンの腕の中で大好物のさつまいもを最後に吐いて、目がサーッと真っ白になり、病院の待合室で心拍が止まり動かなくなった。リンは、

「ぶーちゃん！　ぶーちゃん！」

と叫んだ。

そして駆けつけた医師によって蘇生が行われた。

医師から15分間の蘇生を試みると言われ、リンは身体を震わせながらぶーが還って来るのを待った。隣にいたママはリンの右手をこれでもかと、ぎゅっと強く握った。そして治療室に案内され、今まで見たことのないぶーの姿を見た。口には気道確保のための管が挿入され、舌を噛まないように器具をはめられていた。その姿はもうぶーではなかった。

1分間隔で医師が心臓マッサージを試みていた。

「そんなに押したらぶーが潰れちゃう」

しかしリンは諦めなかった。

「ぶー！　戻ってきてよ！　これからもずっと一緒にいてくれるんでしょ？」

リンの叫び声は病院中に響き渡った。側にいた母が、

「先生、体温は……」

と尋ねた。

「37・4℃です」

犬の平均体温は38・5以上。リンは静かに、

「やめてあげてください」

そう言ってぶーに覆いかぶさりキスをした。

帰宅し、父にぶーの亡骸を見せた。父はぶーのその姿を見る前から肩を揺らして泣いていた。

「ぶーた！　ぶーた！」

父もぶーが大好きだった。そしてぶーも。


最後の晩、ぶーはいつものように父の布団の隣で暖を取り、眠りに就こうとしていた。しかし、ぶーは父の布団の上で吐いてしまった。獣医からは、吐いたらすぐに病院に連れてきてくださいと言われており、リンは焦ってぶーを抱きかかえ、リビングのぶーの布団の上に置いた。しかし、ぶーは体が熱かったのか、ふだん寝ない冷たいフローリングの上に腹ばいになっていた。闘いはここからだった。

リンが目覚めたのは深夜1時。そこから朝までぶーは10回を超える勢いで吐いていた。

田舎の動物病院は深夜はやっておらず、それでもリンは、これでもかと病院へ電話をした。発信履歴は20件を超えていた。しかし、一向に出てはくれない。

最後には立とうとしてもぶーは立てず、水を飲むこともできなくなっていた。

リンはぶーに水をあげようと何回も思ったが、

「死に水になってしまうのではないのか」

そう思ってあげることができずに日が昇った。カーテンを思いっ切り開け、

「ぶーちゃん！　朝が来たよ！　山を越えられたからすぐに病院へ行こう！」

車の中でもぶーは胃液を吐いた。

リンは少し覚悟していたのかもしれない。「そのとき」が来ることを。

しかし、ぶーは一生懸命リンの瞳を見ていた。リンの瞳だけを。リンはぶーに不安を与えないようにいつもどおり明るく接した。

2023年2月4日。ブーリンは9歳の若さで虹の架け橋を渡って行ってしまった。

父はタバコをくわえ泣きながら庭に穴を掘ってくれた。父、母、リンで、ぶーが大好きだったサツマイモのおやつを飾りつけ、まるでひまわり畑にいるかのようにキラキラと囲まれぶーは眠った。

ぶーの亡骸はとても美しかった。まるで子犬のときのような顔をしてすやすやと眠っているかのようだった。

リンの布団の横にはぶーの犬小屋があった。そこを覗くと、言葉にならなかった。

犬小屋にはリンがずっとなくなったと思っていた、大切にしていたヘアーバンドやシルクのナイトキャップ……。リンが使い終わったマスク。とにかくリンの匂いがついたものばか

りが入っていた。リンが外出している際、ぶーはリンを思ってくれていたのだろうか。

涙が次から次へと出て止まらなかった。

「大切な親友を失った」

当たり前に続いていく毎日だと思っていた日々だった。これ以上でもこれ以下でもない。リンにとってそれが幸せの塊だった。

リンは「当たり前の幸せはいつまでも続いていくわけではない」、そう肝に銘じた。

しかし、ぶーが右にいない。どうやって生きていけばいいのだろう。このとき、リンは34歳。体重は減り続け、不正出血をするほど追い込まれた。

しかしリンは気づいた。ぶーは身をもって「生きる」ということを教えてくれた。最後はリンの腕の中で。懸命に生きた。

リンは思った。今ある命を大切にしなくては——。こうして生きていられることはけっして当たり前ではないのだ。

何度も何度も自殺を試みたリン。この日からリンは「ぶーの分も生きる」と決めた。そしてリンには励ましてくれる家族がいる。

翌日、リンと父は献杯をし、リンは泣きながら飲めない酒を流し込んだ。そして、父と一緒にぶーの思い出の写真や動画を観て、泣くだけ泣いた。嗚咽するほど、2人は目がパンパンになった。

父がいてくれるだけで嬉しい。この先どんどんリンの大好きな人はいなくなってしまうのだろう。生き物は不老不死ではない。限りある命の重さを改めて知った。それと同時に、今まで自分がしてきたことの愚かさを痛感した。

父はリンにひと言だけ言った。

「ぶーはリンに生きてほしいんだよ」と。

その気持ちは父も同じに違いない。ぶーはリンに本当に大切なものを気づかせてくれた。

「なんでこんなポンコツが生きてて、ぶーが死ななくてはならないの？」

ポンコツにはやらなくてはいけない何かが残されているのだろう。そう思った。いや、ぶーのおかげでそう思えるようになった。生きる、死ぬを何度も思い直し、周りを困らせていたリンだったが……。

ぶーが亡くなった日の深夜のことだった。ママはリンを珍しくリビングへと呼んだ。

2人は正座をし、膝を付き合わせた。

「リン、死にたいなら死んでいいのよ」

「え？　ママ、何言ってるの？」

「あんた、生きるのがつらいんでしょ、もういいんだよ」

ママはリンの目をじっと見つめ冷静に、しかし目の奥には、リンにはわからない、計り知れないほどの愛情と覚悟があった。こんなことを言える母親は世界中どこを探してもいないだろう。

「ママ、今まで本当にごめんなさい。……私、生きるよ」

＊　＊　＊

ピピピピ♪

リンが目を覚ましてスマホを見た。

「え⁉　今日って……？」

階段を駆け上がってくる母の声が次第に大きくなってくる。

「リン！　起きなさい！　学校に遅刻するわよ！」

カレンダーを見たら16年前の8月。リンは混乱した。

「夢だったのか……」

リンは汗びっしょりで目を覚ました。

今までの出来事は何だったのか？　夢のようなよくわからないものを何度見たのだろうか。いったい何だったのか。まったくわからない。1つわかったのは「ジージを助けること」だ。

今は２００５年、暑い８月、リンの誕生月、そして17歳であることを、リンはケータイを開いて確認した。

35歳までの記憶はある。リンはダメ人間だった。このままでは夢のとおりになってしまう。リンは勇気を振り絞った。

リコン？　入院？　ＤＶ？　自殺未遂？　おいおい、ちょっと待ってくれよ。そんな人生くそくらえだ。ふざけるな。そんな人生まっぴらだ。とにかく医大に入らなければ。

１６６センチ、体重は60キロ。標準だった。

「私、まだ普通だ」

３冊もあったはずのおくすり手帳を探してみても見当たらない。左手首を見たが17針縫った傷跡はなかった。

「よしっ！」

リンは勉強を始めることにした。

向精神薬には頭をボーッとさせる作用がある。しかし今、リンの頭は鮮明だ。セロクエルやデパスの姿は見当たらなかった。

確か夢の中ではＡＤＨＤと診断されていたはずだ。ならば「過集中」が存在しているはず。

「今しかない」

リンは初めて自分を信じた。すべての出来事がもしかしたら何かを気づかせてくれたのかも知れない。

人が何か目標や目的を見つけたとき、人間は原石であって少しずつ磨かれて、もがいて苦しんでダイヤモンドになるのだ――リンはそう心に強く思った。

医大受験に必要な教科は私立で英数理だ。すぐさま参考書を開き、机に向かった。


翌日、リンはリストカットを隠さず、半袖のワイシャツで高校へ向かった。教室に入るやいなや、バンッと机をたたき、

「あんたらさ、私が気に食わないなら思いっ切り喧嘩してやるよ！」

リンをいじめていた生徒の顔面を片っ端から殴るリン。

「自分を傷つけて、便所飯はもうたくさんだ！　そんなに憎いなら私を殴れよ」

リンは医学部の赤本を買って帰宅し、夢の中と同じように勉強しまくった。

ジージの診療所で医学書をパラパラと見ていると、ジージが語りかけてきた。

「リン、医学に興味があるのかい？」

夢の中ではジージは肺気腫で亡くなっていた。

「うん、私、外科医になりたいの」

父と母はリンの大学進学に猛反対した。それもそうだ。点数は上がってきたものの、今の状況ではどこの医学部も受かりっこない。

母は言った。

「リン、なんでそんなに医学部に行きたいの?」

まさかジージの肺気腫を助けるためだなどと口が裂けても言えなかった。夢なのか現実なのかわからないことを口に出して心配させたくなかったのだ。

リンはジージに英語を教えてもらった。夢のとおりだ。

「ジージはなんでお医者さんになれたの?」

意外な言葉が返ってきた。

「三当四落」

「え? なにそれ?」

「3時間寝たら受かる、4時間寝たら落ちる、だ。簡単なもんだろ、リン。Never give up なんだぞ」

ジージはみかんの筋を取りながら言った。

リンはその日から3時間の睡眠時間で勉強した。単純な性格で良かった。

合格発表の日。リンは緊張し手が震え、それを隠しながら掲示板を見に行った。

1025番。もう落ちてもいいと思っていた。

「1025番……あった……」

リンは医大受験に見事一発で合格した。父は酒を煽り、上機嫌。母はリンの大好きな青椒肉絲をこしらえてくれた。しかし、リンはまだ喜べなかった。


インターンが終わり、国立病院の外科でリンは手術の腕を磨いていた。毎晩、当直室に泊まり込み、肺気腫にいちばん最適な術式を頭に叩き込んだ。

その2、3年後ジージが咳き込むようになった。リンはジージを自分の働く国立大学病院へ無理やり連れて行き、血液からレントゲン、CTにMRIとすべての検査を受けさせた。

結果、早期発見の肺気腫だった。

ベテランの先生方を差し置いてリンは執刀医として名乗り出た。

「お前にはまだ無理だ！」

教授に言われたが術式は何年も前から頭に入っている。

「先生！　私にやらせてください！」

リンは頼み込んだ。

手術にはオペ室の看護師の協力や麻酔科医、助手も必要だ。とにかく頭をさげまくった。そして手術当日。教授からのお許しが出た。教授もリンの熱意に根負けしたのだ。ほかのスタッフも着々と準備をしてくれていた。

リンは涙を拭い手術に挑んだ。そして、偉業を成し遂げたのだ！ リンはジージの肺気腫の手術を執刀し成功させた。

3週間の入院後、ジージは庭の隅っこでタバコを吹かすほど元気に回復していた。

「ジージ!! タバコ！ だめでしょ！」

リンの威勢のいい声が通った。

「リンに救ってもらったのになぁ」

ニヤニヤしながらジージはタバコの火を消した。

「最近リウマチの数値が少し高いよ？」

「あ〜それくらいなら大丈夫だぁ」

「ジージ、それが医者の不養生って言うもんだよ」

2人で笑った。リンの今世紀最大の笑顔だった。

「ジージ、来週スパイダーマンの映画が上映されるんだって」

「おー！　ジージも観たかったんだ！　リン、一緒に行こう」

「でさーこの患者さんなんだけど、γ‐ＧＴＰの数値が少し高くて、総コレステロールの数値もよくないの。治療計画どうしたらいいと思う？」

ふたりは朝日が当たったポカポカとした庭で話した。

「ちょっとー！　もう朝ごはんですよ」

バーバの声が聞こえる。

あの夢がいったい何だったのかはわからないが、リンは今では多くの患者の執刀を担当している。全国からリンの手術を受けたい患者で溢れ返っており、高校時代には考えられない名医となった。

もう自分の左手は切らない。命を救うために人様の身体にメスを入れる。

ジージを救えて本当に良かった。

あのとき死ななくて良かった。

リンにしか見えないブーリンが首を傾げてリンを見る……。

16年振りの爽やかな朝だった。

Epilogue

リンは国立病院で外科医としての腕はめきめきと磨かれていた。

患者は1年先まで予約で埋まっていた。昔では考えられないリンの姿だった。

しかし、リンの心はけっして幼い頃と変わらなかった。一人ひとり、真剣に患者と向き合っていた。どんなに手術が立て込んでいようともしっかりと膝を突き合わせるように話をし、最後に手術へと向かう患者には、「Never give up だからね」と、にこりと微笑みながら左目でウィンクをした。ジージ譲りの診察スタイルだ。またどんなに手術が立て込んでいても国立病院の外来診療は欠かさず、不眠不休で仕事をしていた。


そんなある日のことだった。女の子と母親が外来にやってきた。

彼女は学校の検診で不整脈の疑いを指摘され、再検査のため内科を訪れたが混んでおり、リンのいる外科へとまわされてきていた。中学2年生で色が真っ黒ですらっとした彼女の名前は「倉敷咲」とカルテには問診票が挟まれていた。

「こんにちは!」

リンの笑顔とは真逆に咲はむすっとして不愛想だった。すかさず母親が話し始めた。

「娘はテニス部で練習しすぎだと思うんです。顧問の先生にも注意されるくらいで……」

リンは心電図の手配をし、咲はとくに異常がなく診察終了といったところだった。しかし、心電図の診察台から降りる際に、咲がウッと声を漏らした。

リンはすぐさま患部を触った。

「おかしい……熱をもっている。咲さん、左膝いつから痛む？」

「少し前から……」

「太ももは痛まない？」

「膝をかばうようになってから筋肉痛みたいになるだけ」

咲は夏にもかかわらず上下長ズボンのジャージを着ていた。

「膝、見せてもらえる？」

優しくリンが言うと、咲はすごすごとジャージをめくった。

「すぐにレントゲンを撮りましょう」

レントゲンに映し出された映像には異常は見られなかった。しかし、このときリンには咲の目がうっすらコバルトブルーに見えたのだ。

「なにかがおかしい……」

母親と咲に許可を取り、ＣＴ、ＭＲＩ、それに加え生検の検査までもがなされた。母親は、

「レントゲンで異常がないんですよね？　これ以上何を検査するんですか？」

少し苛立っているようだったがリンはお構いなしだった。

リンがいちばん気にしていた生検検査の結果が出た。思ったとおりだった。

母親をカンファレンスルームに呼んだ。

「娘さんは早期発見の骨肉腫、いわゆる骨のガンです」

骨肉腫は10代の中高生に発生しやすい病気で、日本国内では年間200人程度。ガンの中では非常にまれな部類に入るものだった。

「骨肉腫⁉　心臓が悪いのではないのですか？」

リンは淡々と治療方針を母親に説明した。

「しかし良かったです。骨肉腫は発見が遅れると命までもが危うくなります」

初期で診断できるのは奇跡に近かった。

「娘さんはＩＡ期というステージで悪性度が低く、リンパ節に転移がない状態です」

母親はリンに深々と頭を下げた。

「先生、ありがとうございます」

「今日、内科が混んでいて本当に良かったですね」

「先生、咲にはどのように言えばいいでしょうか……」

「大丈夫です。娘さんには私からしっかりとお話し致します。お母様は入院の手続きを行ってください」

母親の肩はひと回り小さくなったように丸まっていた。

リンはポツリポツリとゆっくり話し始めた。

「これから病気と闘うのは娘さんです。お母さん、娘さんの腕を見たことはありますか？」

「腕？　先生、咲は足の病気なのではないのですか？」

とリンに問いかけた。

「お母さん、咲さんとはふだんどのような会話をなさるんですか？」

混乱しながら母親は答えた。

「あの子は部活から夜遅く帰って来てほぼ自室にいます。食事も家族で摂ったことはここ数年ありません」

「そうですか、わかりました。お気を落とされる気持ちは十分わかります。しかしこれからつらい治療に堪え、青春時代を投げうって病魔と闘う咲さんの前では、そのようなお顔は見せないでください。あなたが泣いても咲さんは喜びません、むしろ心配なさるでしょう」

母親はさらに小さくなった背中でカンファレンスルームから出て行った。

翌日、リンは咲の病室へ向かった。５０７号室。個室だ。

さて、問題はここからだ。

「コンコンコン、主治医のリンです」

すると部屋からは、カチャン、と何かを落とした音が聞こえた。何かあったのかとリンがガラリと扉を開けると、咲はカミソリを拾い上げ隠した。リンは見ない振りをした。

「咲さん、痛みはどう？」

「別に……」

「そっか」

咲は初めてリンの目をまじまじと見た。リンはけっして咲から目を逸らさなかった。

「咲さん、あなた寂しいんじゃないかな？」

「そんなわけないじゃん」

不愛想に答えた。

咲の父親は銀行員、母親は専業主婦。咲はひとりっ子で、ほかより少しだけ裕福な家庭に育っていた。

「左腕を先生に見せてくれないかな？　採血しないといけないからね。あ、右手でもいいよ」

リンの言葉に咲は動揺した。

「咲さん……。死にたいの？」

「え？」

「左手首のこと、先生知ってるよ。先生も咲さんの年の頃、してたからね」

咲は急に背骨を抜かれたさんまかのように丸くなり、小さく体育座りをした。

「ここに座ってもいい？」

リンは咲のベッドにちょこんと座り、病状をすべて話した。しかし彼女は14歳だ。話が終わると咲は、

「家族で旅行に……海に行きたい」

と言った。

「いつでも、いつまでも行かせてあげるから、先生のオペ受けてみない？　髪の毛は抗がん剤治療の副作用で抜けてしまうから、先生、こーんなん買ったんだ！」

それは栗毛色の、女性なら誰しもが憧れる緩いウェーブがかかった「ウィッグ」だった。

咲はキラキラしたウィッグを手にした途端、すべての不安が取れたような顔で、

「おねがいします」

はっきりとした声でリンに向かって右足だけを正座し頭を下げた。

経過観察も含め数年かかることも伝えてある。しかし彼女の意志は固かった。その気持ちは痛いほどリンにもわかった。死にたい気持ちで「はけ口」がなく、身体に傷をつける。しかし、いざ「死」に直面すると本能なのか人間は「生きたい」と思うのだ。リンがいちばん知っていることだった。

「左腕……。よしよし薬を出しておくから塗ってね」

「何それ」

「咲ちゃん、今まで頑張って、寂しくてもお父さんやお母さんに言わずに、自分独りで抱え込んでたでしょ？　もう1人で頑張らなくていいよ〜。リン先生が全部治してあげる。まぁ頑張ったで賞に塗るお薬よ！」

そう言ってリンはそっとエレース軟膏を咲に手渡しウィンクをした。

咲はリンにしがみつき、ダムが決壊したかのようにおんおんと泣き始めた。いくら早期発見の初期段階でも彼女はまだまだ成長途中のいちばん難しい思春期だ。リンは優しく咲の頭を撫でた。

この日は夜まで咲の病室にいて、親の話や部活、勉強、恋愛の話をした。どうやら咲には好きな子がいるらしい。とても温かい時間を2人でキャッキャッ言いながら過ごした。そして咲はリンに心を許し、リンちゃんと呼ぶようになった。

咲の広範切除のオペが始まろうとしていた。

「リンちゃん……わたし、大丈夫だよね？」

麻酔を打つ寸前に咲はリンに尋ねた。

「大丈夫！　Never give up だからね！　リンちゃんを信じて！　あと……自分を信じなさい。あなたにはまだやらなくてはいけないたくさんのことが残っている。あと、例の彼に気持ち伝えないとね」

そう言ってウィンクをし手術が始まった。

骨肉腫の手術では再発を防ぐため、腫瘍を周囲の正常な脂肪細胞や筋肉細胞で包み一気に切除する「広範切除」が行われる。骨肉腫の発生部位である骨や関節も併せて切除するため、リンはこの手術の前に咲の両親をカンファレンスルームに呼び伝えていた。

父親は日曜日だというのに40分遅れてやってきた。そしてずっとスマホを見ており母親しかろくに話を聞いていなかった。

「お父様、先ほどからお話聞いてらっしゃいますか？　咲さんの病気の大切なお話です」

「あぁ……聞いていますよ」

「スマホを閉じてください」

滅多に怒らないリンが初めてきつく言い放った。

「だって娘は命に問題ないんでしょ？　先生」

リンは手のひらをぎゅっと強く握り話し始めた。

「命に別状はなくとも、娘さんは病気と闘い、いちばん多感な青春時代を投げうって治療にあたっています。お父様、娘さんには会われましたか？」

「あぁ。髪が伸びて大人っぽくなっていましたよ。病人には見えなかったですけどね」

「あれはウィッグです」

父親は目を丸くした。

「化学療法のために、現在咲さんには毛がありません。スマホの中の女性と娘さん、どちらが大切なのですか？」

「じょ、じょ、女性だなんて……！　あんたに何がわかるんだ！　失敬な！」

「毎週土日は不倫相手とシティーホテルに泊まり、仕事終わりにはその彼女とお会いしていると、お父様の頭には書いてあると思われますが、違いましたか？　奥様も咲さんもその事実に気づかれていると私は思います」

母親は顔を伏せていた。

「咲さんは病気が完治したら家族で海に行きたいそうです」

「咲がそんなことを……」

「咲さんの手術までにその女性とは関係を切ってください。そうでなければ私は手術は致しません」

そう言いカンファレンスルームからリンは出てきた。

部屋からは父親の謝る声と共に母親の泣き声が聞こえた。

手術当日、父親は左薬指に結婚指輪をつけ、

「娘をよろしくお願いいたします」

とリンに深々と頭を下げた。


2週間後……。手術は無事成功。咲はまだ早いというのにリハビリに取り組んでいた。

「早く学校行かないと！　受験もあるしさ……」

咲は中学3年生になっていた。周りの子たちは受験勉強真っ只中だった。

「咲ちゃん、勉強ならリンちゃんが教えてあげるよ！」

「リンちゃん、忙しいじゃん。無理だよ」

咲はうつむいた。

「大丈夫！　はい、これ！」

『整理と対策』⁉　すっごい古いじゃん！」

「これ、先生が中学生のときに使ってたやつ。ここには5教科入ってるから、10回繰り返してノートに問題解いてみな？　わからないときはリンちゃんを呼んで！　あと！　まだそんなに無理はしちゃいけないからね？　約束できる？」

咲は目をキラキラさせながら「はいっ！」と言った。

とくに咲は数学が苦手だったようで、リンは連立方程式や二次関数を教えた。

晴れて咲は経過観察となり、退院の日がやってきた。暑い夏の日だった。

「リンちゃんこれ！」

袋には荷物と共にぬいぐるみが入っていた。中を見ようとすると、

「リンちゃん！　あとで！」

そう言って咲は父親と母親に連れられ退院していった。

袋を医局で確認すると、リンのよく使うボールペンについているキャラクターと同じぬいぐるみが入っており、左手には布が縫いつけられてあった。

涙混じりにリンはくすりと笑った。

そして古かった「整理と対策」がさらにボロボロになって入っていた。

「咲、がんばったね」

冬真っ只中。咲がナースステーションに現れた。

リンが呼ばれて行くと、咲は髪が伸びてボブヘアーとなっており、少し背も伸び、いちだんと可愛らしくなっていた。

「リンちゃん！　志望校受かったよ！」

咲は都立の進学校の合格通知を背伸びしてリンに見せた。

「本当⁉　やったじゃーん！　咲、よくがんばったね。本当におめでとう！」

「あとこれ……また、私みたいな子がいたら貸してあげてください」

あのとき咲に渡していたウィッグだった。

「リンちゃん、ヘアドネーションって知ってる？　私、髪をもっともっと伸ばして寄付しようと思っているの」

左腕を切っていた頃の咲はもうどこにもいなかった。病気を乗り越えた咲は15歳とは思えないほど内面的にも成長していた。そして恥ずかしそうに写真をリンに見せてきた。そこには透き通った綺麗な海の前でニッコニコに笑った家族3人が写し出されていた。

「なんだかね、お父さんが急に優しくなっちゃって、ご飯もいつも3人でさー。うっとうしくなるくらいなの」

そう言いながら咲は満面の笑みをこぼしていた。

「咲、よかったね！　んで例の彼はどうした？」

咲の耳元でリンはボソッと言った。

「じつはね。彼から告白されたの……」

「なーんだ！　つまんないのー！　おませさんめー！」

リンは咲に抱きついた。

「幸せになりなよ！　これからいいこと山盛りてんこ盛り！　もしもつらくなったら、先生んとこおいで」

そう言って咲から離れウィンクをした。

「私、リンちゃんに出会えて本当に良かった。これ見て！」

左腕をグイっと引き出してリンに見せた。傷1つない綺麗な皮膚だった。

「私も咲に出会えて嬉しかったよ」

2人にしかわからない感情だった。そこには不思議な絆があった。

「リンちゃん、彼氏さんは〜？」

咲がリンの顔を覗き込みながら聞いてきた。

「内緒」

「どーせいないんでしょ！」

「バレたか」

2人は病院の廊下で大笑いをした。


ピリリリリリリ♪

珍しくリンの私用のスマホが鳴った。実家の母親からだった。

「久しぶり。リン、元気でやってるの？」

「そこそこやってるよ」

「紳吾の結婚が決まったのよ、あんた少し帰って来れないの？」

リンは喜びで涙が出そうだった。

「来月は手術がそこまで立て込んでないから帰れるかも。お嫁さん、どんな子なの？」

「お料理がすごく上手でね、可愛い子」

夢のとおりじゃん。心の中で思った。

帰省する新幹線の中で、リンは2人に祝福の手紙を書き、ご祝儀を包み、久しぶりに筆ペンで名前を書いた。

まだ会ったことのない義理の妹。リンの心は弾んだ。

ピンポーン♪

久しぶりの実家のカギを忘れ、リンはインターホンを押した。

「リン、カギは？」

「あはは、忘れちゃった」

「まったく相変わらずなんだから」

母親と数年ぶりに再会した。

部屋に入ると父がいた。リンはすぐさま小さなお仏壇にこれでもかと手を合わせた。写真にはブーリンが可愛い顔をして写っていた。

「ぶーちゃん、ただいま」

父はニコニコ満面の笑みでリンの土産をつまみに晩酌の用意をしていた。

「5月にね、紳吾、結納して入籍したのよ。リンったら全然ケータイ繋がらないんだもの」

「あぁ。ごめんごめん。忙しくてさ」

「あんたはいつになったら結婚するのよ？　彼氏は？」

お決まりの帰省時のセリフだった。

「13歳離れた弟に先を越されるなんて、私たちも思ってもみなかったわよ」

「ジージとバーバは？」

「あんたの帰りを待ってて、バーバなんてちらし寿司作ってたわよ。早く挨拶してきなさい」

階段を降りて扉を開けると、

「リンちゃん！　おかえり！」

バーバだった。

「先月送った荷物は届いた？　バーバが作った芋なます」

「すっごく美味しくて一気に食べちゃったよ。バーバ、大変だったでしょ？　そんなにいつも大丈夫なのに。でもいつも本当にありがとうね。ジージは？」

「リビングにいるよ」

「ジージ？」

「おぉ！　リン！　おかえり！　ジージ、ずっと待ってたんだよ」

「私もジージに会いたかったよ！　それでリウマチの数値はどう？」

「あぁ、まあまあだよ。月に1度、総合病院でみてもらってるよ」

リンは胸を撫でおろした。

「それより、リンこそ少し痩せたんじゃないのか？　飯は食ってるのか？」

「手術でてんてこまいなんだよ〜」

「この間、医師会で野田先生にリンの話を聞いてさ、ジージは鼻が高かったよ」

「だってジージの孫だもの」

　プッと2人で笑った。

　そしてリンはジージに相談話を始めた。

「私ね、子ども大好きなのに、この間の婦人科検診で高温期が2日しかなくて閉経間近だって言われちゃってさ、ママには言えなかったんだけど。いちばん私の孫を楽しみにしているのだと思うから余計にね……」

　来月でリンは36歳になる。早すぎる閉経は、ホルモンバランスや立て込んでいる過密な手術のせいなのか、自律神経を圧迫していた。

「少し仕事は休めないのか？」

「待っている患者さんがいるもの。ジージだって、老人ホームの施設長医して80代でも現役でお仕事してるじゃない」

「俺たちは似てるな」

　そう言ってジージはどこか少し悲しい顔をした。

「リン、好きなように生きなさい」

「え？」

「人の命を救うことは、子どもを産むことと同等なのだとジージは思うよ」

その言葉にリンはピンと張っていた糸が切れたかのように泣き始めた。

「ジージ、ありがとう、ごめんね」

ジージも泣いていた。

自分の子どもをみんなに抱いてもらいたかった。しかし、リンの身体は、子宮は、ホルモンバランスは、リンの気持ちとは裏腹に機能していなかった。皮肉なものだ。世間では幼児虐待のニュースがボンボンと流れている。女性であるリンはその子どもを産むこともできなくなったのだ。

ママには最後まで言い出せず終いだった。真実を打ち明けたのはジージだけだった。


夕方になり、地元の有名なうなぎ屋へ家族で向かった。

久しぶりに会った弟はいつもどおり優しい顔をしていた。奥さんはリンよりずっと小さくて可愛いらしい女性だった。

「初めまして。紳吾の姉のリンです」

「かすみと言います」

リンはご祝儀と新幹線で書いた手紙を2人に渡した。

緊張していたのか、かすみもリンもどこかタドタドしかった。リンは医者の割に人見知りなところがあった。職場では見せないリンの真の姿だった。

どんな味がしたかわからない高級うなぎを食べ、山椒の香りと共に帰宅した。

「あの紳吾が結婚か〜」

ソファで寝そべりかえっているリンに母親が話しかけてきた。

「じつは入籍した次の月にかすみちゃん、妊娠したのよ」

リンは目を見開き飛び起きた。

「妊娠って……子どもが産まれるってこと？」

「あんた医者のくせに何言ってるのよ。来年の7月24日が予定日だそうよ」

「ちょっとトイレ」

リンはトイレの中で泣いていた。

紳吾が孫の顔を親に見せてくれるのか。いつまでも結婚せず、子どもも産めないこんな私の代わりに両親を「おじいちゃん、おばあちゃん」にしてくれるのか。

よくわからないがいろいろな感情が入り交じり、リンは声を殺して泣いた。

「いのち」が宿ることがどれだけ奇跡的で感動的なことであるか、リンは身を持ってわかっていたつもりだった。

真っ赤に充血した目に目薬を差し、その日は久しぶりの実家で眠りに落ちた。

翌朝。リンは犬を飼うことにした。

「あんた、手術ばっかりで面倒みられるの？」

母親は心配そうな顔をしていた。

ペットショップに行くと小さなトイプードルがいた。リンは抱きかかえ、犬の目をじっと見つめた。心が通じた感じがした。

「この子に決めた」

即決し、トイプードルはリンのもとにやってきた。1週間は休みを取ってある。その間にしつけをしようと思った。

ブーリンが亡くなって以来、リンの心にはどこかポカリと穴が開いていた。子どもも産めないだろうとわかってなおさらだ。

名前は「チョコ」と決めた。人懐っこくてとても可愛く常にリンの側にいた。リンがトイレに立っただけで鳴いてしまうような、リンと同じ「寂しがり屋さん」だった。

「これからよろしくね」

チョコはすぐにトイレを覚え、非常にお利巧だった。

1週間のんびりと実家で過ごし、チョコをリュックに入れ、自宅に戻った。

激動の日々だったがチョコが癒してくれ、いつも一緒にいてくれた。

男性医師から言い寄られることが多かったリンだが、けっして首を縦に振らなかった。独りで、いや、チョコと生きていくことを決めていた。リンは人には興味がなく友達もいなかったが、動物が大好きだった。動物といると心が癒された。

人間は面倒だ。仕事以外のプライベートで人と関わることはいっさいなく、リンは仕事が終わるとすぐさまマンションに帰宅していた。鈍感ぶっていたが、じつは繊細なのだった。

チョコはリンの毛布をかじりながら寝るのが癖だった。

「赤ちゃんみたい」

チョコの写真を撮っては実家の父親のスマホに送った。

「パパもじいちゃんになるんだね、おめでとう！」

産めない自分の身体を横目に、心から嬉しかった。

「医者の不養生」

ジージにあれだけ言っていたのに、まさにリンがそれのお手本のようだった。

無事に五体満足に子どもが生まれることをリンは切に願った。

手術が立て込んでいた日のことだった。12時間の執刀を終え、リンは医局室へと眠り込もうとしていた。

ピリリリリリリリリ♪

リンの私用のスマホが鳴った。紳吾からだった。

「ねーね！　たった今、３２５０グラムの元気な男の子が生まれたよ！」

「おめでとう！　よかったね！」

リンの眠気は一気に吹き飛んだ。

紳吾から送られてきた画像には、可愛い生まれたての赤ちゃんがかすみのほほ笑みと共に写し出されていた。どうやら母体も安定しているらしい。

リンは安堵に浸り、眠りに就いた。

目をこすりながら起きた。

そこは真っ暗だった。リンは医局室の電気のスイッチを探し歩くが壁がない。

「林原先生！　なんの冗談なのですか！　私まだ誕生日ではないですよ！」

しかし、どこからも声は聞こえてこない。

「まったく……」

研修医を探してみるが暗闇で何も見えたもんじゃない。

「ようやく気づいたか」

低い男の声がした。どこかで聞いた覚えのある声だった。

「先生！　冗談は顔だけにしてくださいってあれだけ言って……」

そこにいたのは林原ではなかった。何かキラキラ光るもので、そこから声がしていた。

「700年分生きたな」

「は⁉　私は今年で36歳です。さっき弟夫婦の子どもが生まれて、医局室で眠って起きたところで。700年だなんて、そんな、魔女なんかじゃないんだから」

「お前は何度も死のうとした。しかしその回数以上、いや、その何百倍ものいのちを救った」

「あれは単なる夢で、私は医師としてこれからもオペをしなくてはいけません。患者さんが待ってるんです。早くそこをどいてください。救わなくてはいけないいのちがまだまだ待ってるんです」

何か靄がかかっており、まるで白昼夢のようだった。

「弟夫婦の子どものいのちと引き換えに、お前は天国に上るのだよ」

その言葉はリンの胸の中にストンと落ちていく気がした。

何が夢で何が現実なのかわからなかった。しかし、そのキラキラ光るものが特別な何かなのだと言うことだけはわかった。

目の前にはエスカレーターがあった。青白い顔をした人々はその先にある自動ドアへと列を成していた。ドアの向こうへ向かう女性はパジャマ姿でガリガリに痩せており、点滴を引きずって、這うかのように歩みを進めている。

「ママ！　行かないで！」

5歳くらいだろうか、男の子が泣きわめき、母親のバジャマの裾を引っ張って離さなかった。しかし大勢の大人が、「やめなさい！」と男児を叱り、母親から引き離し、母親は薄らと笑いながらドアの向こうに行ってしまった。

そして先月亡くなった叔父がいた。

「こっちは日曜日もなくて大変だよ、リンちゃん」

そう言いながらエスカレーターを降りて行ってしまった。

ここでようやくリンは自分が死ぬのだということに気がついた。自動ドアの向こうはあの世なのだろう。リンは自分の意志で生きていたわけではなく、何かに試され、生かされていたのだ。

謎で渦めいていたリン。ふと、「鬼の洗濯板」での出来事を思い出した。いや、今までのすべての出来事を思い返していた。

イジメにあい、手首を切る毎日。そして長い夢から覚めた日には猛勉強を始めていた。すべてはジージの命を救うためだった。それはいつしか日本中で、いや世界中でリンの手術を待つ患者を持つ外科医となっていた。

「ワン！」

ブーリンがいた。

「ぶーちゃん！　どこにいたの⁉　リン、寂しかったんだよ」

リンがそのふわふわしたブーリンに近づこうとした、その瞬間だった。

「リン！　やめなさい！」

顔の濃いおじいさんだった。

「あの……なんで私の名前を知っているのですか？　あなたは誰ですか？」

「じいちゃんだよ」

「え、じいちゃん⁉」

どこか見覚えのあったその顔は、リンが生まれる2か月前に亡くなったパパの父親――パパの実家で昔から見ていた遺影の顔そのものの、じーちゃんだったのだ。

「じーちゃん、ずっとリンを見ていたよ。リン、武士といてやってくれないか。お前はまだこっちに来るのは早すぎる。チョコはどうするんだ？　夕飯はやったのか？」

どこか現実味を帯びた、ぎょろりと大きな目をしたじーちゃんは、初めて会ったとは思えないほどリンと気さくに話していた。

「ブーリンはじーちゃんがサツマイモをあげて守ってるから心配するな」

「パパ、孫が生まれて幸せそうだもの。それだし、ママもいるもの。リンがそっちに行っても平気でしょ？」

「武士は俺の息子だが、親友だった。俺という親友を26歳の若さで失った。リンも武士と親友だろ？　もう悲しませないでやってくれよ」

「でもキラキラ光ったものに、紳吾の子どもの代わりに天国に上がりなさいって言われたの」

「それはいい。じーちゃんが何とでもしてやる。リン、生きなさい」

次の瞬間、リンは遠くから呼ばれる声でうっすらと目を覚ました。

「リン！　リン！　リン！」

その声はパパだった。

リンの両腕には点滴が繋がれていて、大きな文字でＩＣＵと書かれた大きな部屋にいた。

「え？　私どうしたの？　なんで私がＩＣＵにいるわけ⁉」

「目を覚まして本当に良かった。紳吾の子どもが生まれたあと、すぐにお前が大学病院の前で車に轢かれたって聞いて、飛んできたんだ！　10時間の大手術だったんだぞ！」

「あはは」

「何笑ってるんだよ！　お前死ぬところだったんだぞ！」

「じーちゃんとパパって親友だったんだね」

「おいおい、まだ麻酔が効いてるのか？　大丈夫か、リン」


2年後——。

リンは酒を飲んだパパとチョコと3人で笑いながら、仕事終わりのママの帰宅を待っていた。つまみはリンお手製のカプレーゼだった。

リンは外科医の道を引退し、実家で昔のように暮らしていた。立派ではないが患者に寄り添ったちょっと風変わりな精神科医として、ジージの診療所をそのまま使い、「リンこころクリニック」を開業した。リンは自分自身がADHDだと公表しながら精神科医としての道を歩んでいたのだ。皮肉だろうか、初めから志していた道だった。

第一線で外科医として切磋琢磨しオペをし続けていたリン。大学病院の教授からは泣いてまで引退を止められたがリンの決意は固かった。

今ではオペは行わないが、「いつしか」の自分自身のような患者さんを抱え、患者さんの心を、いのちを、違う形で救っていた。リンのカウンセリングは地元では有名になるほど混み散らかしていた。

リンはここでようやく大切なものに気づいたようだ。それは金では買えない、何にも代えられない「家族」だった。

ジージは医者を引退し、バーバと有料老人ホームに生活基盤を移していた。

そして、ジージとバーバが住んでいた1階には紳吾家族が暮らしていた。紳吾の子どもは3歳になりわんぱくで困るくらいだ。可愛くて仕方がなく、リンが付いて回って毎日、診療所で遊んでいる。かすみは毎日リンたちに料理を振る舞ってくれ、温かい時間が流れていた。

そして……かすみのおなかにはもう1つ新しい、いのちが宿っていた。

リンの診療所の壁には、ジージが使っていた聴診器と共に、幼い頃習っていた書道5段で培ったのか？　リンの字で「今あるいのちを大切に」

下手な字で、しかし大きな文字で書かれていた。

ママが帰ってきた。何か小包みを抱えている。

「リン宛てらしいわよ？　あんた、友達なんていたのね」

相変わらずのママのブラックジョークだった。

宛名には「倉敷咲」と書かれていた。リンは即座に包みを開けた。

拝啓、リンちゃん。

お元気ですか？　咲はリンちゃんに救ってもらって今では看護師として都内の病院で勤務させてもらっています。咲もリンちゃんみたいに医療従事者になったよ。

じつはね……あのときの彼にプロポーズされたの。来月、結婚式を挙げます。

リンちゃん、友人代表のスピーチ頼んだからね！

そこには結婚式の招待状と、リンが変わらず好きなキャラクターのマグカップが添えられていた。

「おいおい！　咲ったら！　私があがり症なの知ってるくせに」

リンは笑いながら涙をこぼした。

「ぱぱちょー！　K１の試合始まっちゃうよ！」

リビングにはK１の試合を何日も前から心待ちにしている診療後のリンとパパがワイワイしており、チョコはぴょこぴょこ跳ねてそれを喜んでいた。

そのそばでママは、

「まったく、あんたたち親子は本当にバカなんだから、顔が似てると思ったら、やることなすこと同じなんだから」

とニヒルに笑っていた。しかしどこか幸せそうだった。

相変わらずリンには友達はいなかったが、何でも言い合える親友のパパと可愛いチョコ、そして我が家には欠かせないスパイスのママがいた。

来月は大好きなアーティストのライブに家族で参戦する予定だ。


人生は続いていくのだ。

諦めてはいけない。

何度だって立ち上がる。ダルマのように。そう、リンのように。

ヘレンケラーの言葉が胸に突き刺さる。

「障がいというものは、不便ではありますが、不幸ではありません」

前を向いて生きてみよう。前を向けない日は目を閉じて早く寝ればいいのだ。

「諦めたらそこで試合は終了ですよ」

『スラムダンク』の安西先生はよく言ったものだ。そのとおりだ。

最後まで医師として人生を教えてくれたジージ。

天国で助けてくれたじーちゃんは微笑んでいるだろう。あまりにもへんてこりんなリンの人生に。まさかパパとずっと一緒にいてくれと言ったわけではないのに、リンは相変わらず極端な人間だった。


ここまでつらつらと書いてきたが、自身は心の病で苦しんでいる人に何かしらできないかと考える。

自身のこの小説を読んでこんなポンコツ人間もいるが日々生きていると伝えたい。

自殺寸前で思い直した私。死ぬのは一瞬だ。しかし、けっして諦めてはいけないのだ。

誰かが誰かを想い、その想いはいつしかその誰かに届くのだ。

今日死にたい気持ちは一生続くわけではけっしてない。明けない夜はないのだ。

人生は長い旅路のように思う。どう生きるかは自分次第だ。いや、生きてさえいればそれだけではなまるなのだ。

生きることを諦めないこと――それが大切なのではないかと自身は思う。

人生はもしかしたら平等ではないかもしれない。しかし、朝は、朝日は必ず皆平等にやってきてくれるのだ。

便所飯を食ってもいいではないか。

明日見返してやろう。

来年見返してやろう
いつか見返してやろう。

そしていつか一緒に飯を食おう。

自分自身の最大の理解者は自分であり、同様に、唯一無二の味方は自分自身なのだから。

Never give up.

あとがき

この『十七針』を手に取っていただき、また最後まで読んでくださった読者の方々、本当にありがとうございます。不器用ですが私の気持ちは伝わりましたでしょうか。伝わらずとも、心のどこかに残っていただければ幸いです。

「あなたはもう生きることを諦めますか？」

冒頭文です。

私は今も生きています。ここまで書いて来られたのも、いろいろありましたが家族のおかげです。もちろん自分の意志あってです。

人生はどんなにつらくとも、それが一生続くわけではないと自身は自負しております。

この本を読んで、1人でもいい、自殺される方がいないでほしいと心の底から願います。

心は鏡です。あなたが幸せであってほしいと願う相手は、同様にあなたに幸せであってほしいと必ず思うはずでしょう。

自身は健常者、精神障害者、両方を経験いたしました。生きにくい世の中です。偏見、差別もあります。

しかし人生の主役は「あなた」です。そのままでいいのです。何も変える必要はありません。生きてさえいれば、楽しいこともいつかは必ずあると思います。

「平等」

自身がいちばん嫌いな言葉です。そんなものが存在するから、定義されるから、苦しくなるのだと思います。

どうか1回切りの人生、私と一緒に生き抜きましょう。可能性は誰にでもあります。

人生において、つらいことはとても長く感じます。しかし楽しいことは一瞬だと感じます。ならば楽しい時には思いっ切り喜んで、少年のように大声を上げて飛んで跳ねても構わないと思います。

手に持ったナイフ、柱に掛けたロープ、屋上の手すり、握りしめた大量の薬。いったん放しませんか?

私はこれからも懸命に生きます。

挫けることもあると思います。

諦めるのはまだ早いです。

誰にでも「生きる」権利はあります。それを自分自身で奪うのは、とても苦しいことだと思います。

本当は「生きていたい」。

あなたは独りではないです。

私が居ます。このポンコツ人間が。

これがご縁です。

空は繫がっています。

「一緒に生きてはみませんか？」

文芸社の方々、そして支えてくれた家族。本当にありがとうございました。私がずっと伝えたかったものが、多くの方、そしてあなたに伝わりますように。

十七針

２０２４年

凛

著者プロフィール

宝明 凛（ほうみょう りん）

昭和62年生まれ
長野県出身
日本大学出身

十七針

2024年6月22日　初版第1刷発行

著　者　宝明 凛
発行者　瓜谷 綱延
発行所　株式会社文芸社
　〒160-0022 東京都新宿区新宿1－10－1
　電話 03-5369-3060（代表）
　　　 03-5369-2299（販売）

印刷所　株式会社平河工業社

ISBN978-4-286-24976-6